●SNAPSHOT●
パーティーで大喜び
Illustration / CJ Michalski

セシル文庫

ステキな旦那さん

—お隣の旦那さん7—

桑原伶依

イラストレーション／
CJ Michalski

ステキな旦那さん◆目次

ステキな旦那さん

プロローグ

俺——松村功一《まつむらこういち》が、大学入学を機に上京したのは、四年前の春のこと。

あの頃俺は、過去を捨ててやり直すつもりで、急に進路を変更し、恋人だった幼馴染《おさななじ》みの正孝《まさたか》に内緒で故郷を離れた。正孝が逆玉に乗って婚約し、このままズルズルつき合っていてはダメだと思ったから。

そして、引っ越したアパートの隣に住んでいたのが、今俺が一緒に暮らしている、十歳年上の大沢明彦《おおさわあきひこ》さん。

明彦さんには、生後半年になる一人息子のみーくんと、女子大を退学して子供を産んだ奥さんがいて。まだ若かった奥さんは、俺が引っ越してきたばかりのころ、家事と育児に疲れて失踪《しっそう》してしまったんだ。

気の毒なお隣の旦那さんを助けてあげたくて、俺は得意分野の家事と育児をサポートしてあげることにした。

十八歳の男の俺が、『家事と育児が得意』なんておかしな話だけど。俺の両親は共働きで、実家で暮らしていた頃は、家事は俺の役割だったし。八歳年上の姉には、当時もうすぐ二歳になる双生児《ふたご》の男の子がいて。ずっと甥《おい》っ子たちの面倒を見てきたから、赤ちゃんの世話の仕方も知っている。

俺が大学に通っている間は、俺の反対隣に住んでいた平井《ひらい》さんの奥さんが、みーくんの子守りをしてくれた。

一人では背負《せお》いきれないことでも、みんなで力を合わせれば、なんとかやっていける。

みーくんを育てながら、穏《おだ》やかな日々を過ごしているうち、俺は明彦さんに対する自分の気持ちに気づいてしまった。二股《ふたまた》をかけられた泥沼の恋に耐えられなくて、過去から逃げてきたというのに。今またここで、妻子《さいし》ある男性に恋するなんて――最悪の展開だ。

その上、失踪していた奥さんが戻ってきて、俺はショックのあまり故郷に逃げ帰った。

まさか明彦さんが奥さんと離婚して、いきなり俺の実家を訪れ、親の前でプロポーズしてくれるとは――予想もしない出来事だったよ。

明彦さんについていくと決めた俺を、両親は勘当《かんどう》した。

味方になってくれたのは、正孝との関係に気づいていた詩織《しおり》姉ちゃんだけ。

両親と和解できたきっかけは、一昨年の十二月、重い病気にかかったと勘違いした母さんが、不安のあまり俺に会いに来てくれたからだけど。翌年の春――俺の二十一歳の誕生日に、頑《かたく》なだった父さんが『すべて水に流す』と手紙をくれたのは、姉ちゃんの夫に当たる天野《あまの》大空《おおぞら》さんが、さりげなく、父さんの心を動かす言葉を語りかけてくれたから。

周囲の人に支えられ、俺は幸せに暮らしている。

みーくんが幼稚園に入園してからは、一人で過ごす時間を利用して、普通自動車の運転免許を取得したり、パソコンで絵本を作ったりするようになった。

初めて作った俺の絵本は、みーくんと双生児の甥っ子にあげるクリスマスプレゼント。

二作目は、一人暮らしのお年寄り――金成《かねなり》さんのために、金成さんの愛犬タロを主人公にして描いたものだ。

いつも金成さんと柴犬のタロは、決まった時間に公園を散歩している。

みーくんはタロが大好きで、タロに会うため、毎日のように時間を合わせて公園に行く。

七カ月前――正月明けに実家から戻って、久しぶりに公園に行ったら、金成さんとタロの姿が見えなくて。三日経《た》っても会えないから、『もしやご高齢の金成さんに何かあったのでは……』と心配になった。

そこで、みーくんと一緒にご自宅を訪ねたら、タロが冷たくなっていたんだ。

十五年生きたタロは、犬としては長生きしたほうだろう。

それでも、『もっと長生きして欲しかった』と思うのが人情《にんじょう》だ。

飼い主の金成さんは、すっかり気落ちしてしまった。

俺は金成さんを励《はげ》ましたくて、タロの絵本を描いてプレゼントした。

それを読んだ金成さんが、こう言ってくれたんだ。

「生涯《しょうがい》で一番心に残る大切な本は何かと聞かれたら、わしは迷わずあの本を選ぶよ。功一くん、これからも、あんな素晴らしい本をたくさん作って、みーくんや、大勢の子供たちに読ませてあげてほしい」

金成さんにとってあの絵本が特別なのは、愛犬のタロをモデルにしたお話だから。亡《な》くなったタロが、おじいちゃんに元気になってほしいと願い、心配しながら見守っているお話だからだ。

でも——理由はどうあれ、俺の絵本が、読んでくれた人の心に残る『一生の宝物』になったら——とても嬉しい。

絵本作りに夢を持ち始めた頃、平井さんの息子の啓介《けいすけ》くんが公募ガイドを持ってきて、創作絵本コンテストへの応募を勧《すす》めてくれた。

まだ絵本作りを始めたばかりの、作り方を習ったこともない素人の俺が、コンテストに入賞するなんてムリかもしれない。

でも、俺は絵本作家になりたいと思ったんだ。

みーくんが幼稚園《ようちえん》に入ってからは、急にぽっかり自分だけの時間ができて、真剣に将来のことを考えるようになって、ずっと目標を探していた。

主婦業だけで一生を終えるのは淋《さび》しい。生き甲斐《がい》にできる仕事があれば、人生が何倍も楽しくなりそうな気がする。

だからダメもとで勇気を奮《ふる》って応募したけど、出した以上は、もしかしたら――って気持ちにもなるよ。

絵本コンテストの応募要項には、そろそろ通知が届く頃だと書いてある。そのせいで、ここ数日ソワソワして、ポストばかり覗《のぞ》いてしまう。

今日も、いつもの時間に郵便屋さんが来たのを窓から確認し、俺は急いでポストに向かった。

ドキドキしながら郵便物を確認すると、ダイレクトメールと一緒に、俺宛の手紙も入っていた。

「来た！　出版社からの通知だ！」

早く結果を知りたいような、知るのが怖いような、複雑な気持ち。

（ええい、ダメならダメで、また新しい作品を描いてチャレンジすればいいだけだ！）

腹を括《くく》って開封すると――。

「え……ええ……っ⁉」

これは何かの間違いだろうか？

それとも、期待しすぎて都合のいい夢でも見てるのかな？

思わず抓《つね》ったほっぺはとても痛かった。

「夢……じゃない……？」

俺の絵本が、大賞候補の最終選考に残ってる！

少なくとも、入賞はすると内定したらしい。

「やった！　夢に一歩近づいた！」

ここまで来たら、やっぱ銀賞くらい狙《ねら》いたいよね。

そしたら絵本が出版される！

「じ……神社《じんじゃ》に受賞祈願《きがん》に行かなきゃ！」

運も実力のうちっていうし。神様に応援してもらって、何がなんでもデビューを勝ち取るぞ！

1. 待ち望んだ吉報《きつぽう》

出版社から内定が来てからというもの、俺にとってはつらい日々が続いていた。

なぜって？

そりゃ、コンテストの最終選考に残ったことを隠していたからさ。

だって考えてもみてよ。明彦《あきひこ》さんのことだから、選考に残っただけで大騒ぎしそうじゃない？

真っ先に、絵本コンテストへの応募を勧めてくれた啓介くんに報告して。平井《ひらい》さんご一家と盛り上がってから、続けざまに俺の両親や姉ちゃんたちにも連絡して。みんなを煽《あお》って、一緒に俺を煽《おだ》て上げるんだ。

『君ならきっと大賞を取れるよ。大賞が無理でも、絶対に出版してもらえる！』

そう信じて励ましてくれるのは嬉しいけど、あんまり期待が大きすぎると、俺にはとても背負《せお》いきれない。

一番下の優秀賞でも、素人《しろうと》の俺には、賞をもらえるだけでラッキーだと思う。

だけどさ。うっかり煽てに乗せられて、銀賞以上を期待して。みんなにも期待されて、それで優秀賞止まりだったら、きっとガッカリしちゃうよ？

だから、ちゃんと結果が出るまで秘密にしておきたいんだ。

でも、秘密を持つのって、とっても苦しい。

だって嬉しいから、本当は早く報告して、一緒に喜んでほしいんだもん！

でもでもっ！　やっぱ小心者の俺には、今の段階では言えないよッ！

明彦さんは、俺がコンテストに応募したことを知っている。とっくに通知は来ているはずなのに、俺が何も言わないから、何も聞かない。多分ダメだったんだろうと思って、気を遣ってくれているんだろう。

（できるものなら、せめて銀賞以上に選ばれて、みんなをびっくりさせたいな……）

期待と不安に胸を膨《ふく》らませながら、俺は毎日、一人でこっそり神社に通《かよ》い続けた。

お稲荷《いなり》さん、お稲荷さん、お願いします。俺の願いを神様に伝えてください。どうか神様、俺にデビューのチャンスをください。もし絵本作家になれたら、一人でも多くの人に喜んでもらえるよう、一所懸命頑張《いっしょけんめいがんば》ります。

俺に受賞デビューのチャンスをください！

どうか、お願いします……ッ!!


果《は》たして、祈《いの》りが天《てん》に届いたのか――。

それから一週間ほどで吉報が届いた。

虫の知らせとも言うべき不思議な予感を伴《ともな》って、電話の着信メロディーが鳴ったんだ。

『私、キッズ・ブックスの岩森《いわもり》と申しますが。松村功一《まつむらこういち》さんはいらっしゃいますでしょうか?』

「あ、はい。俺が松村功一です」

『この度《たび》は、当社の創作絵本コンテストにご応募いただきまして、ありがとうございます。松村さんの作品が最終選考に残ったことは、すでに書面《しょめん》でお知らせしましたが――選考の結果、大賞に決定しました』

「え……? 今……なんて……?」

『松村さんの作品が、大賞に選ばれたんですよ。おめでとうございます』

俺は驚きのあまり言葉を失った。

(神様ありがとうっっ!!)

これは俺の実力って言うより、半分以上運だな。毎日せっせと神社に通いつめ、一心に受賞デビュー祈願したとはいえ、初投稿で大賞だなんて――まさに幸運の大盤《おおばん》ぶるまいってカンジだよね？

（ああ……この喜びを、今すぐ誰かに伝えたい！）

とても夜まで待ちきれなくて、俺は電話を切ったあと、明彦さんに知らせるべく、会社の電話番号をプッシュした。

だけど――。

そこでふと、思いとどまった。

（どうせなら電話で知らせるより、帰ってきたとき直接伝えたい……）

声だけじゃ伝え切れない喜びを、明彦さんと分かち合いたいもんね。

◇　◆　◇

今日は家族で受賞祝いをするから、いつもより気合を入れてご馳走《ちそう》を作った。

豪勢《ごうせい》な食卓《しょくたく》を見て、みーくんがウキウキしながら、ちょっぴり舌っ足《た》らずな甘え声で小首を傾《かし》げる。

「こーぃちくぅん、きょう、なんのおいわい？」

「まだ秘密。パパが帰ってきたら、教えてあげる♪」

俺の声もウキウキと弾《はず》む。ホントは早く喋《しゃべ》りたくてウズウズしてるんだもん。

（ああ……明彦さん、早く帰ってきて！）

心の叫《さけ》びに応《こた》えるように、玄関のほうで物音がした。

明彦さんだ！

「お帰りなさい！」

いきなりドアを開けてお出迎《でむか》えしたら、明彦さん、ビックリ顔で目を見開いた。

「どうしたんだい？　何かいいことでもあった……？」

「やっぱ判ります？　じゃーん！」

俺は得意満面で、受賞内定の通知を見せた。

「あ……絵本コンテスト、入賞したんだ……」

「ええ。しかも大賞ですよ！　今日、電話で通知が来ました。八月下旬に、都内で授賞式が行われるそうです！」

「すごいじゃないか！　おめでとう、功一くん！」

明彦さんは感動のあまり俺を抱きしめ、『高い高い』するみたいに抱き上げてくれる。

それを見たみーくん、何が『おめでとう』なのか理解できない様子で言う。

「こーぃちくん、えほん……おめでとうなの？」

「そうさ、光彦《みつひこ》。功一くんの絵本が、たくさんの絵本の中から、『一番よかったよ』っていう賞をもらったんだ。大勢の人に、本屋さんで買ってもらえるようになるんだよ。すごいだろう？」

「うんっ、すご〜い！　こーぃちくん、絵本屋さんになるんだぁ……」

「それを言うなら絵本作家だよ」

明彦さんは抱き上げていた俺を下ろして、同じ目の高さでみーくんにそう教え、また俺に向き直って笑顔で尋ねる。

「ところで、啓介くんやお父さんたちには、もうご報告したのかい？」

「まだです。あなたに一番に知らせたかったから……」

「じゃあ、早く知らせないと。電話してごらん」

「夕飯が先ですよ。今日はお祝いにご馳走を作ったから、みーくん、お腹空《す》かせて楽しみにしてたし……」

「そうだね。じゃあ、冷たいビールで乾杯《かんぱい》しよう」

喜びに満ちた夕食のあと、俺は啓介くんに電話をかけた。

電話口に出てきた啓介くんは、俺の声を聞くなり、笑い交《ま》じりに言う。

『なに、コーイチ。今日はやけにゴキゲンじゃん』

「うん。今サイコーにいい気分♪　啓介くんのおかげだよ」

『オレ、そんな感謝されるようなコトしたっけか？』

「絵本コンテスト、出してみろって勧めてくれたじゃない？　あれ、応募したら受賞したんだ」

『えっ、マジ!?　金賞？　銀賞？　優秀賞？』

「聞いて驚け、大賞だぁーッ!!」

『うわっ、スゲェ！　オメデトウ!!　とーちゃんかーちゃん！　コーイチ、絵本コンテストで大賞取ったって!!』

電話の向こうで啓介くんが叫んでる。

『まあ、ほんとに？　ちょっと代わって』

遠くで微《かす》かに平井さんの声がして、すぐにそれがボリュームアップした。

『おめでとう、功一くん！　嬉しいわ。やっぱりあなたの絵本は、誰が見てもいい本なのよ』

『おめでとう、功一くん。そういうことなら、未来の作家先生を囲《かこ》んで、パーッと派手に祝宴《しゅくえん》を催《もよお》さんといかんな』

平井さんの旦那さんも、受話器を奪い取った様子で口を挟《はさ》む。

「ありがとうございます！」

みんなで相談して、祝賀会の日時を決めたあと、平井さんがふと思い出したように呟《つぶや》いた。

『ところで、ご両親にはもうお知らせしたの？』

「いえ、まだこれからです。コンテストに出すよう勧めてくれたのは啓介くんだから、まず啓介くんに知らせたくて……」

『じゃあ、早くご両親にも電話して差し上げなきゃね』

平井さんが電話を切り上げたので、続いて実家に電話した。

『功一？　まあ……久しぶりね。元気？』

「うん。元気だよ。今『絶好調』ってカンジかな。実はね……俺、絵本コンテストで大賞を取ったんだ♪」

『……コンテストで……大賞を……？』

「うん。八月下旬に受賞式があるんだって。受賞作が本になるのはまだまだ先だけど、そのうち俺の絵本が、本屋さんに並ぶようになるんだよ」

『すごいわ、功一！　おめでとう！　母さん、お店のお客さんやご近所さんに、しっかり宣伝《せんでん》するからね！』

「ありがとう」

そこで姉ちゃんが、母さんから受話器を奪ってまくし立てる。

『やったわね、功ちゃん！　功ちゃんなら絶対絵本作家になれると思ってた！　お姉ちゃん鼻が高いよ。双生児《ふたご》の幼稚園で自慢しちゃう♪　仲よしのママさんたちにも宣伝してもらうし。近所の本屋さんにも、たくさん仕入れて、いい場所に置いて、派手に宣伝してね！　ってお願いしとくわ』

『こりゃ詩織《しおり》！　受話器を独《ひと》り占《じ》めするな！　早《はよ》うワシにも回さんか！』

『いやだ、もう……何するのよ！』

『うるさい！　これはうちの電話じゃ！　功一は、ワシと母さんに電話したんじゃ！』

今度は姉ちゃんと父さんが、受話器を奪い合って大騒ぎだ。

『功一。今年も盆には帰ってくるんだろう？　何日に帰るんだ？　レストランを予約して、お祝いしてやるぞ♪』

「父さんの誕生日が十日だから、九日の夕方六時頃、そっちに着くよう新幹線のチケットを取ってる。でも、わざわざお祝いなんてしなくていいよ」

『何を言うとるか！　可愛い息子が立派な賞をもらったんだ。祝いたいのが親心というもんじゃ』

「うん。ありがとう」

今度は可愛い双生児の声が聞こえてきた。

『じーちゃん、じーちゃん！　つばさもこーちゃんに、「おめでとう」っていうの！』

『かけるも！』

『ああ、よしよし』

父さんは、双生児には大甘のおじいちゃんだから、詩織姉ちゃんと話してるときとは、笑っちゃうくらい声色《こわいろ》が違う。

『こーちゃん。じゅしょうおめでとう。かえってきたとき、つばさ、おいわいのプレゼントするね！』

『かけるも、おいわいプレゼントする！　たのしみにしてて！』

双生児の甥《おい》っ子のあとを引き取って、お義兄《にい》さんも笑いながら言う。

『大賞おめでとう。今度記念に、ぜひ松村先生のサインをくださいね』

「あはは。サインくらいいくらでもしますけど、なんか照《て》れくさいな……」

『じゃあ功一。長距離だと電話代高くなるから、続きは帰ってきたとき話しましょ。楽しみにしてるからね』

最後に母さんがそう言って、放っておくと終わりそうにない電話を切り上げた。

聞こえてくるのは不通音だけなのに、『おめでとう』って言ってくれたみんなの声が、今も頭の中で繰り返し響いてる。

嬉しくて舞い上がって、フワフワと雲の上を歩いているようだ。現実感のなさから、ちょっぴり不安になってしまう。

「ねえ、明彦さん。俺……夢見てるんじゃないよね？」

「夢じゃないさ。君は夢を叶《かな》えて現実にしたんだ」

夢を叶える――ステキな言葉だ。

後ろ向きに生きてた頃は、夢なんてしょせん叶わないものだと決めつけていた。

だけど、『夢は手を伸ばせばつかめるものだ』ということを、俺は明彦さんと出会って初めて知ったんだ。

「明彦さんって、俺のラッキーエンジェルかも……」

「僕にとっては、君がラッキーエンジェルさ。そばにいてくれるだけで幸せになれる」

「らっきーえんぜるってなーにー？」

みーくんの問いに、明彦さんが微笑《ほほえ》みながら答える。

「『こうなったらいいなぁ……』という望《のぞ》みを叶えて、幸せにしてくれる人さ」

「あ、じゃあ、みーくのらっきーえんぜるも、こーぃちくんなの。みーく、『ちゃわんむしがたべたいな』っておもってると、こーぃちくんがつくってくれるし。『ホットケーキたべたいな』っておもってると、おやつにつくってくれるもんっ♪」

その台詞に、俺も明彦さんも笑ってしまった。

「光彦は、ご飯食べるのが一番幸せなんだな」

「え〜っ、なんでわらうの〜？　おいしいごはんたべると、パパだって、こーぃちくんだって、いつもニッコニコなのにぃーっ！」

ぷんすか怒るみーくんの声と、笑いながら謝る明彦さんの声を聞きながら、俺はまた幸せを噛《か》みしめる。

（ステキな旦那さんがいて、彼そっくりの可愛い子供もいて。一緒に泣いたり、笑ったり怒ったりしながら楽しく暮らせる――それが何より一番の幸せだよ）

いつも以上に笑い声があふれていた、賑《にぎ》やかな我が家のリビング。

けれどそれも、みーくんが寝てしまうと、とたんに静かな夜の帳《とばり》に包まれてしまった。

「明彦さん。明日は平日だけど、あなたの部屋に行ってもいい？」

こんな時間に彼の部屋を訪ねるのは、『今夜はＯＫ』というサイン。

明彦さんは、満面の笑顔で歓迎する。

「もちろんだとも。僕は毎晩でも、君に来て欲しいくらいさ」

いや、毎晩っていうのはさすがに……貴方《あなた》ほど体力がない俺にはキツすぎますよ～。

「おいで、功一くん」

彼に手を引かれて寝室へ向かうのは、嬉しいけど、ちょっぴり気恥《きは》ずかしい。

一緒に暮らし始めて、もう四年が経つのに――俺は今でも、出会った頃と同じ気持ちであなたに恋してる。

むしろ家族としての深い愛情や、最高に素敵な人生のパートナーだと敬《うやま》う気持ちが、年を重ねるほどに増していくばかりで。もうあなたのいない人生なんて考えられないよ。

ベッドへと誘われ、強く、けれど優しく抱きしめられて。居心地《いごこち》のいいこの腕の中で、いつまでも幸福感に浸《ひた》っていたいと思わずにはいられない。

「大好き♡　明彦さん♡」

「僕も功一くんが大好きだ。愛してる。僕のラッキーエンジェル……」

優しく唇に舞い降りてきた、蕩《とろ》けるような甘いキス。

普段言われたら恥ずかしいセリフも、愛の行為の最中に聞けば、ムードを盛り上げるスパイスになるから不思議だね。

互いに相手の邪魔な衣服を取り去って、じかに素肌《すはだ》を愛撫《あいぶ》する。それが心地よくて、うっとりと彼の胸に頬を寄せ、静かに目を閉じた。

悪戯《いたずら》な指先が俺の胸の突起《とつき》を探《さぐ》り当て、くすぐるように弄《もてあそ》ぶ。

「ああん……」

切ない声を上げると、彼がクスリと笑って微笑む。

「可愛い……。すごく可愛いよ。功一くんは、どこもかしこも、食べちゃいたいくらい可愛い……」

そう言って、口に含んでチュッと吸い上げ、両手で脇腹をまさぐるんだ。そんなふうにされると、感じすぎておかしくなっちゃう。

萌《きざ》し始めた彼の欲望が、俺の腹に当たってる。

それだけで、体の芯《しん》が疼《うず》いてたまらない。

「ねぇ……明彦さん。早くあなたが欲しいよ……」

「今日は随分《ずいぶん》積極的なんだね」

「だって……」

俺、すごく興奮してる。

信じられないくらい嬉しい出来事があったから、気が昂《たか》ぶって、今にも心が弾《はじ》けそう。

でも、ボルテージは高まるばかりでどこにも捌《は》け口がなく、苦しくてたまらないんだ。

だからあなたに、この興奮を鎮《しず》めて欲しい。

「もう我慢できないの。お願い、早く……」

「解ったから、もうちょっと我慢して」

彼の指先が、ほてる体を開放するべく、まだ固い蕾《つぼみ》を綻《ほころ》ばせていく。

「ああっ！　もういいから、早く……」

「ダメだ。もう少し……」

心地いいけど物足りない刺激だけがゆるゆる続くと、それもまた切ない。

「早く来て……。お願い……」

さんざん焦《じ》らされて、焦らされたあと、明彦さんがようやく俺の中に挿入《はい》ってきた。

待ち焦《こ》がれていたもので満《み》たされた悦《よろこ》びが、俺の身も心も熱く燃え上がらせる。

「いい……ッ！　明彦さん、もっと……」

もっと強く、激しく、めちゃくちゃに愛して欲しい。

「ああんっ！　はうっ、あっ……！　いい……すごい……」

俺が燃えた分だけ彼も燃えて。

燃え尽《つ》きてクタクタになるまで愛し合った。


行為の最中もよかったけど、彼の腕の中で疲れた体を休めるひとときは、何にも変えがたい幸せだと思う。

ふと唇を綻《ほころ》ばせた俺に、彼が優しく目を細めて問いかける。

「どうしたの？」

「うん。俺、幸せだな……と思って」

そう呟くと、彼が照れくさそうに微笑む。

「ねえ、明彦さん」

「なんだい？」

俺はいつも思ってることを口にしてみた。

「あなたって、最高にステキな旦那さんだよ」

するとますます嬉しそうに破顔《はがん》した彼が、俺をギュッと抱きしめて言う。

「君こそ、最高にステキな奥さんさ♡」

なんだか俺たち、今もまだ、ラブラブの新婚状態だね。

2. 故郷《ふるさと》での祝賀会

八月九日。俺は明彦さんとみーくんと三人で、俺の実家に帰省《きせい》した。

駅に着くと、俺の両親と詩織姉ちゃん一家が総出で待っていて。

「功ちゃん、お帰りなさい！」

「お帰り、功一。待っとったぞ！」

父さんと姉ちゃんが先を争《あらそ》うようにして言う。

「ただいま」

すると今度は母さんが、労《いた》わるように優しく話しかけてくる。

「疲れたでしょう？　今日はうちでゆっくりして、明日レストランで食事することにしたのよ。ちょうど父さんの誕生日でもあるしね」

「こりゃ母さん！　それはワシが言うつもりじゃったのに……」

「誰が言ってもいいじゃないの。功ちゃん。父さん、レストランすっごく張り込んだのよ〜♪」

「言うんじゃないぞ、詩織！　言うたらお前は連れて行かん！」

「解ったわよ。言わないってば」

「そんなやり取り聞いたら、どこへ行くのか気になっちゃうよ」

俺の言葉に、父さんが胸を張って不敵《ふてき》に笑う。

「ふふふふ……。楽しみにしているがいい」

いったいどこへ連れてってくれるんだろう？

ワクワクするなぁ♪


姉ちゃん一家はお兄さんの車で。俺たちは父さんの車で実家へ向かった。

実家には今も俺の部屋がそのまま残っているけど、家を出た今は、すっかりお客さん扱《あつか》いだ。

「功一。すぐご飯にするから、明彦さんたちと一緒に、ゆっくり休んでいなさいね」

「功ちゃん、アイス食べない？　外は暑かったから、冷たいアイスで生き返りましょ♪」

いつもは俺がもてなす側の主婦してるけど、たまには母さんや姉ちゃんに甘えて、のんびりするのも楽でいいよねぇ……。

でも——俺はのんびりできるけど、明彦さんは多分、気を遣いすぎて疲れちゃうんじゃゃないかな。

「お義父《とう》さん、お久しぶりです。これお土産《みやげ》です。どうぞ、お納めください」

「ふんっ、たまり漬《づ》けか。どうせならワシャ、べったら漬けや糠《ぬか》漬けのほうがよかったのぉ。それにうちは、漬物《つけもの》といえば梅おかかの沢庵《たくあん》か、広島菜漬けか、白菜の浅漬けが定番なんじゃ」

「でも……この店のたまり漬け、美味《おい》しいんですよ」

「なんぼ美味《おい》しかろうと、醤油味の漬物は好《す》かん！　漬物より煎餅《せんべい》でもくれるほうが、よっぽど気が利《き》いとるわぃ！」

「ええ。お義父さんの好きな煎餅も持ってきましたとも」

「確かに煎餅は好きじゃ。しかし、お前の土産はこればっかりじゃのう」

「ふふ……そうおっしゃるかもしれないと思って、いろいろミックスした詰め合わせにしたんです」

「聞き捨《ず》てならんな。まるでワシが婿《むこ》イビリでもしとるみたいじゃないか」

「してるでしょう！　婿イビリ！」

俺のツッコミと女性陣の声が重なった。

「ホントにもう……可愛《かわい》げないんだから……」

「ごめんなさいね、明彦さん」

「いえいえ。ちっとも気にしてませんよ。お義父さん、いつも文句言いながらでも、ちゃんと召《め》し上がってくださいますから」

うん、まあね。和解する前は、何を贈っても受け取ってさえくれなかったし。あの頃に比べたら、こんなの可愛いもんだけど……。


「さあさあ、お待たせ！　ご飯の支度ができたわよ！　といっても、かつおのタタキと、お刺身《さしみ》と、揚げ物がメインだけどね！」

姉ちゃんと母さんがリビングに料理を運《はこ》んできて、宴《うたげ》の準備が整った。

「乾杯しましょう。功一の、絵本コンテスト大賞受賞を祝って」

「よっしゃ！　乾杯の音頭《おんど》はワシが取る！」

そう叫ぶなり、父さんがすっくと立ち上がって一席《いっせき》ぶつ。

「功一。この度は、創作絵本コンテスト、大賞受賞おめでとう。思えばお前は、昔から絵を描いたり、本を読んだりするのが好きで……」

「ちょっと父さん、結婚式のスピーチじゃないのよ。子供たち、お腹空《なかす》かせて待ってるんだから、さっさと切り上げてちょうだい」

姉ちゃんが子供たちを指差して文句を言う。

見れば確かに、長旅でお腹を空かせたみーくんが、文字通り指を銜《くわ》えてご馳走《ちそう》を眺《なが》めてる。

双生児《ふたご》もうんざり顔でお箸《はし》を握って待っている。

「いや、すまんすまん。では、乾杯！　功一、受賞おめでとう！」

「おめでとう！」

ちょっと大袈裟《おおげさ》で気恥ずかしいけど、みんなに祝ってもらえるのは嬉しい。

「こーちゃん、じゅしょうおめでとう。これ、おいわい。つばさがかいたこうちゃんだよ」

「かけるも、こうちゃんかいたの」

「うわぁ……二人とも、お絵描き上手になったねぇ！」

画用紙にクレヨンで描いてある幼児特有の絵は、以前見せてもらったときよりずいぶん上達《じょうたつ》していて、お世辞《せじ》じゃなく驚いた。

確か今年は幼稚園の年長さんになったんだよね。子供が大きくなるのって、ほんっと早いよ。

「アタシたちからもお祝い♡　よかったら、授賞式のとき使ってよ。功ちゃんなら、きっと似合うと思うわ」

姉ちゃん夫婦がくれたのは、『天使の卵』のタイピンだった。

「うわ、可愛い！　ありがとう！」

「私からはネクタイよ。母さんいつでも功一のことを見守ってるからね。ようやくスタート地点に立てたんだもの。これからも、しっかり頑張んなさい」

愛情深い眼差しで俺を見つめ、穏《おだ》やかに語りかけてくる母さんの声を聞いていると、胸がじんわり熱くなってきちゃった。

今まで親不孝ばかりしてきた俺だけど、生まれて初めて、親孝行の真似事《まねごと》ができたような気がするよ。

「ありがとう。ホントに……こんなにみんなに祝ってもらえて嬉しいよ。俺、期待に応えられるよう、一所懸命《いっしょけんめい》頑張るからね！」

ありがとう、神様。

俺にデビューのチャンスをくれて、本当に、ありがとうございました！

◇　◆　◇

夕べの祝賀会は、恥ずかしいほど盛り上がってビックリしたけど、父さんの誕生祝いを兼ねた今日の祝賀会は、もーっとビックリした。

行き先も告《つ》げず連れて行かれたのは、広い敷地を高い塀《へい》で囲んでいる、気軽には入れない大きな建物。

「ええっ、レストランって、ここだったのォ……？」

父さんが予約していたのは、なんと、この辺《あた》りでは一流どころで有名な、『ステーキ懐石《かいせき》都春日《みやこかすが》』だったんだ！

俺はここがどんな店だか知っている。元カレ・正孝《まさたか》の両親が仕事関係で利用していて、何度かチラシを目にしてるんだもん。

春日店って、都グループの中で一番グレードの高いお店なんだよね。確か夜懐石だと、季節のものを集めた一番安いコースでも、食事だけで一人八千円以上したはず。

それを九人分大盤ぶるまい！

父さん、懐《ふところ》具合大丈夫なの!?

「ああ！　憧れの『都春日』でお食事よォ♡」

「お父さんステキ♡　男前♡」

「わははは……！　ワシだって、高級レストランで食事をふるまう甲斐性《かいしょう》くらいあるんじゃや～！」

うーん……なんか、太《ふと》っ腹《ぱら》な明彦さんに対抗して、結構ムリしてる気がするんですけど……。

まあ、せっかく奢《おご》ってくれるって言うんだから、ここはひとつ、ありがたく感謝してご馳《ち》走《そう》になるか。そのほうが、張り込んだ父さんも嬉しいだろうしね。

お店に入ると、入口からよく見える場所に、かなりスケールの大きい、豪華なフラワーアレンジメントが飾られていた。

内装もすっごくゴージャス！　空間を広く取ってあって、ヨーロッパのアンティーク家具で統一されている。『さすが高級レストラン！』ってカンジだ。

「大変申し訳ありません。まだお席が空《あ》いておりませんので、しばらくこちらでお待ちください」

俺たちは、レジ正面の通路を挟《はさ》んだ一角にある、広いロビーに案内されて。

「すみません。ちょっと……行ってきます」

明彦さんがすぐに席を外《はず》し、姉ちゃん一家と、両親と俺とみーくんが、ロビーのソファに腰を落ち着けた。

双生児がキョロキョロ辺りを見回し、ヒソヒソと囁《ささや》き合う。

「ここ、おしろみたい……」

「うん。おしろみたい……」

可愛い台詞《せりふ》が微笑《ほほえ》ましくて、つい笑ってしまった。

「恥ずかしいわ。うちの子たち、まだこういうグレードの高いレストランに連れてきたことないのよ」

好奇心に瞳を輝かせながら、翼《つばさ》がテーブル上に置いてある木片《もくへん》の塊《かたまり》を手に取った。

「パパ、これなに？　ボウがいっぱい、ボールみたいにくっついてる……」

「ああ、これはパズルだよ。貸してごらん」

お義兄《にい》さんは、複雑に絡み合う木片をバラし、アッという間に元通り組み上げていく。

（は……早……ッ！）

「パパすごーい！」

「すごーい！　かっこいい！」

双生児が手を叩《たた》いて褒《ほ》めちぎり、両親も俺も感心して唸《うな》る。

「……ほんっと、すごいですねぇ……。俺にはとても真似できませんよ。組み上げる自信がないから、バラす勇気すらないです～！」

「コツさえ解れば簡単ですよ。二度目はもっと早くできます」

そう言って、本当にさらに時間短縮してパズルを組むんだから、さすが理系の秀才だよね。

俺たちがそうやって時間を潰《つぶ》している間に、予約なしのお客さんが入って来たけど、今日は満席だと断られていた。土・日は早めに予約しないと、席を取るのが難しいらしい。

残念だったお客さんが帰ったと同時に、明彦さんが戻ってきた。

それを見計《みはか》らったように案内係の女性が現れ、優雅で丁寧《ていねい》な所作《しょさ》で予約していた席へとエスコートしてくれる。

移動の途中、甲冑《かっちゅう》を着けた騎士《きし》の銅像が飾られていて、子供たちが大はしゃぎした。

「ねえねえ！　あれなーに？」

みーくんの問いに答えたのは、博識《はくしき》なお義兄さん。

「これは……ドン・キホーテですね」

「つばさしってるよ！　こういうカッコしてるひと、『ナイト』っていうんだよね！」

「かけるもしってる！　このひとのおしごとは、おひめさまをまもることなの！」

「ちょっとあんたたち、触《さわ》っちゃダメよ！　壊れでもしたらどうするの！」

詩織姉ちゃんが、銅像に駆け寄っていった双生児の首根っ子を捕まえて、「めっ！」と睨《にら》んでお説教する。

案内されたカウンター席は、横一列に二十人くらい座れるようだった。都春日店は、オープンキッチンスタイルの鉄板焼きを売りにしていて、シェフが目の前で調理してくれるんだ。

カウンターにもチョウチョのライトがあったりして、席に着いたとたん、子供たちがまたキャッキャと喜んだ。

「他のお客さんの迷惑になるから、静かにね」

「はーい♪」

「返事だけはいいけど、返事だけなのが困っちゃうわ」

テーブルの用意が整《ととの》ったところで、ソムリエが登場。

「食前酒《アペリティフ》は、モエ・エ・シャンドン『キュヴェ・ドンペリニョン』一九九五年ものでございます」

「え？　ワシャー酒は注文しとらんが……」

「こちらのお客様が、『本日はお義父様の誕生日なので、お祝いのシャンパンを』と、先ほどオーダーなさいました」

そうか！　さっき明彦さんが席を外したのは、シャンパンをオーダーするためだったんだ！

さすがというか、抜かりない人だよね。

「ドンペリなんぞ頼んでくれても、ワシゃ車で来とるんじゃ。飲まりゃーせん！」

「父さん、大丈夫。俺、免許取ったから運転できるよ」

「何言ってるんだい、功一くん。君は今日の『もう一人の主役』じゃないか。僕が運転する。そのつもりで、免許証も持ってきてるし……」

「そういうことなら、帰りの運転は頼もうか」

とたんに父さんニコニコしちゃって。現金なんだから……。

車を運転する明彦さんとお義兄さん、そして子供たちは、ソフトドリンクを用意してもらって。

「功ちゃんの『絵本コンテスト大賞受賞』と、『父さんの誕生日』を祝って。乾杯！」

乾杯したあと、前菜が運ばれてきた。

「うわぁ……ステキ♡　食べるのもったいないくらいきれいね♪」

やがて、鉄板料理を担当するシェフが現れ、俺たちに挨拶し、温前菜の食材を披露《ひろう》してから、ヒラヒラと鮮《あざ》やかな手つきで調理を始めた。

できあがった温前菜も、すっごく美味しくて感動していたら、今度はなんと、大きな活《い》き伊勢海老《いせえび》が出てきたんだ！

鉄板の上で生きたまま調理されていく伊勢海老さん。

「かわいそう……。あついあついゆってるよ」

みーくんは、調理中涙を零《こぼ》してそう言ってたのに、泣いた烏《からす》はどこへやら。いざ食べる段になると、嬉しそうにお口いっぱい頬張《ほおば》っていた。

ぶ厚い和牛《わぎゅう》ステーキは、鉄板の上で高々と炎を上げて焼かれた。シェフがサイコロ状に切って盛りつけてくれたのを、醤油ダレと薬味《やくみ》、もしくは結晶化した粒状の岩塩《がんえん》をつけて食べるんだけど、これがまた、あっさりしてて、柔らかくて舌が蕩《とろ》けそうなほど美味しいの！　うはぁ～♡

バーナーを使ってお魚を焼いたり、とにかく調理の仕方が華麗《かれい》で、ダイナミックで、それを間近で見られることも、子供たちにはウケていた。

「ああー美味しかった♡　お腹いっぱーい♡」

「ティールームへご案内いたします」

食事のあとは席を移動し、デザートと飲み物、または食後酒《デジスティフ》で、寛《くつろ》ぎの時間をすごせるらしい。

アンティークなピアノ。そこここに点在するオブジェ。仄《ほの》かに灯《とも》るランプの明かり。ロマンティックなカーテンに縁取《ふちど》られた窓の向こうで、ライティングに浮かび上がる庭――すべてがゴージャスでステキだ。

こちらも何かの記念日らしいカップルが、店員さんに記念写真を撮ってもらっていた。

「ワシらもカメラを持ってくればよかったな」

父さんが漏らした言葉に、明彦さんが即座に対応する。

「カメラつきの携帯ならありますよ」

「おう、なら功一と一緒のところを撮ってくれ」

「つばさも！　こーちゃんとしゃしんとって！」

「かけるも！」

「みーくも！」

結局うちも、明彦さんの携帯で記念写真の撮影会になっちゃったよ。

その間に、トイレに行っていた姉ちゃんが帰ってきて、興奮した様子で俺に耳打ちする。

「功ちゃん。すごいよ、ここのトイレ。広くて内装も豪華なんだけど、なんとトイレの中に泉があるの！　泉の真ん中には、今しも口づけを交わそうとしている恋人たちの石像まであるんだから！　ニューキャッスルホテルや福屋《ふくや》のトイレもゴージャスだけど、ここのトイレがやっぱ一番インパクトあったわ。ちょっと紳士用のトイレ見てきて、どんなカンジかお姉ちゃんに報告してよ」

そう言われると興味もあるし。姉の命令に逆《さか》らえないのが弟の性《さが》。しっかりトイレ、観察してきましたとも。

「紳士用トイレもゴージャスだったよ。携帯カメラでこっそり撮影してきたから、あとで見せてあげる」

「あ、じゃあ携帯貸してよ。アタシも記念に写真撮ってくるから」

何やってんだろうね、俺たちは……。


ジュースや紅茶を飲みながらデザートを食べたり、食後酒を飲んだりしながら、俺と明彦さん、姉ちゃんとお義兄さん、母さんがそれぞれ父さんにプレゼントを渡し、子供たちがおじいちゃんの似顔絵をプレゼントした。

今日は大散財《だいさんざい》したはずの父さんも、頬を緩《ゆる》ませ満足そうに笑ってる。

とっても美味しくて、楽しくて思い出に残るお食事会でした。

ありがとう、父さん。ご馳走さまでした♡

楽しい時間はあっという間にすぎ、ついに別れのときが来た。

「じゃあ、功一、明彦さん、みーくん。元気でね」

母さんがさよならを言い、姉ちゃん夫婦がそれに続く。

「授賞式、楽しみね」

「絵本が出たら買いますから、サインしてくださいね！」

お義兄さんの言葉に、俺は苦笑い。

「買わなくたって、サイン本をプレゼントしますよ」

「ダメです。お願いしたいのは、一冊二冊じゃありませんから」

「こーちゃーん！　つばさもサインぼんね！」

「かけるも！」

「もちろんアタシもよ♡」

（あはは……一家に一冊じゃなく、一人に一冊なのか……）

そして最後に、父さんが明彦さんにボソリと呟《つぶや》いた。

◇　◆　◇

「ドンペリ、美味《うま》かった」

そうしたら明彦さん、この上なく嬉しそうに笑ったんだ。

3．プロへの道

創作絵本コンテストの受賞式は、都内のホテルで行われるらしい。

このためだけに明彦さんは、母さんがくれたネクタイと、姉ちゃん夫婦がくれたタイピンが映《は》えそうな、夏物のスーツを新調してくれたんだ。

身も心もパリッと引きしめ、俺はみーくんを平井さんに預けて会場へ向かった――つもりなんだけど……。

賞をもらうなんて生まれて始めてだから、緊張のあまり心ここにあらずで、何度うっかり道に迷ったことか。

ともあれ、どうにか時間までに到着できてホッと一安心。

それにしても――こういう厳粛《げんしゅく》な雰囲気って、やっぱり苦手だ。俺って結構緊張に弱い性質《たち》だから、大学の入学式もドキドキだったけど。そんなの全然比じゃないよ。

コンテストを開催したキッズブックスの社長が賞状を渡してくれて、受賞の言葉をスピーチさせられ……。

頭の中が真っ白で、自分が何しゃべったかすら覚えてないし。当然他の人のスピーチだって、ちっとも頭に入ってこなかった。

式のあとは、みんなで記念撮影して食事会。

固い雰囲気が、お酒も入ってだんだん和《なご》やかになってきたけど、俺はいつまでも緊張が解《と》けなくて、ずっと黙り込んでいたんだ。

退屈しているように見えたのか、それとも話し相手が欲しかったのか——不意に、近くにいた他の受賞者に話しかけられた。

「松村さんは、何年くらい絵本を描いているの？」

俺にそう尋ねたのは、二十代後半くらいの、銀賞を受賞した女性だ。名前は……なんだっけ？

とりあえず、判らないなりに、愛想笑いしながら受け答えしておく。

「去年のクリスマスに作ったのが初めてで、受賞作は二作目なんです。初めて応募して、ビギナーズラックで大当たりしてビックリしちゃった。神頼みが効いたのかな……？」

「すご〜い！　羨《うらや》ましい話だわ〜。私は何年も応募し続けて、ようやく銀賞よ。そんなご利益のある神様がいるのなら、あやかりたいものだわ～」

「それにしても若いね。松村くん、高校生？」

今度は金賞を取った、同年代と思われる男性が話しかけてきた。

「……これでも俺、二十二歳なんですけど……」

「えっ!?　見えない！」

「へぇ……俺とイッコしか違わないのか。てっきり高一だろうと思ってた」

どうせね。スーツを着ても、七五三にしか見えませんよ、俺は……。

「ちなみに俺は、二十三歳の酪農家《らくのう》です。こっちが本業の名刺。こっちがペンネームの名刺」

そう言って、金賞の男性が名刺を二枚渡してくれた。

本名は内藤和之《ないとうかずゆき》さんっていうのか。

ペンネームは『ゆめのかなた』さん。

「ウェブサイトで自作の絵本をアップしてるんで、よかったらアクセスしてみてよ」

「あ、私も自分のサイトを作ってるの。この名刺にアドレス書いてあるから、見に来てくれると嬉しいなぁ」

銀賞の彼女は、『月宮《つきみや》うさぎ』さんっていうのか。

「すみません。俺は名刺もウェブサイトも作ってないんで、メールアドレスをメモしてお渡しします」

俺は手帳にメールアドレスを書きつけたページを破って、二人に渡した。

「こうして作家友達ができて嬉しいよ」

うわ、友達だって！

今まで一人で創作活動してたけど、ついに作家友達ができちゃった♪

「俺も嬉しいです。お互い頑張りましょう！」

「ええ、頑張りましょう！　受賞作が出版されるのが楽しみだわ～！」

授賞式なんて、緊張するだけだと思ってたけど――こんなオマケがついてくるなら、やっぱり来てよかったよ。


その日の夕飯時、俺は早速、授賞式で友達ができたことを明彦さんに報告した。

「ゆめの先生も、月宮先生も、自分のオフィシャルサイトを作ってるんです。帰ってきてから、ちょっと覗いてみたんだけど、ゆめの先生のウェブ絵本、すっごいの！　先生の声で文章を読み上げながら、自動的にページがめくられていくんですよ！」

「みーくもみた！　おもしろかったよ！　こーぃちくんも、あんなのつくればいいのに」

そう言って、みーくんが横から口を挟む。

「うん。俺もあんな絵本が読めるサイトを、作ってみたいと思った。でも……いったいどうやって作ればいいいんだか……」

すると明彦さん、頼もしい笑顔で提案する。

「知り合いにウェブデザイナーがいるよ。彼に依頼して、君のウェブサイトを作ってもらおうか？」

「え……でも……それって結構お金かかるんじゃ……」

俺が尻込みすると、明彦さんは真顔でこう言った。

「一生作家活動を続けていくつもりなら、それくらいの投資を惜《お》しんじゃいけないよ。飛《ひ》躍《やく》のためのステップだと思えば、決して高い金額じゃない」

そんなもんなのかなぁ……。

「僕は君の絵本が好きなんだ。大勢の人に、君の作品を読んで欲しいと思う。そのための投資は惜しまない。君はすぐそうやって尻込みするけど、僕だって、君に才能がないと思えば、こんなふうには言わないさ。実際に、それが身内の欲目じゃないことも証明されたんだから、もっといろいろ前向きに考えたほうがいいんじゃないかな？」

天涯孤独《てんがいこどく》の明彦さんは、学生時代からいろんなコンクールで賞をもらって、自分の才能だけで今の地位を築《きず》き上げた人だ。

その明彦さんが勧《すす》めることに、間違いはないだろう。

「もし君がすべて自分で作れるようになりたいなら、便利な作成ソフトもあるし。ソフトの使い方を習《なら》うこともできるけど?」

「あ……じゃあ俺、自分で作れるようになりたいです。ゆめの先生に聞いたんですけど、絵本って出版部数が少ないから、何度も増刷されない限り、絵本の収入だけで食べていくのは難しいらしいんです。だったら自分のサイトくらい、自分で作れたほうがいいし……」

「そうだね。今はいろいろ便利なソフトがあるし。自分で作れたほうがいいかもしれない」

「がんばってね、こーぃちくん! みーく、こーぃちくんの『さいと』ができるの、たのしみにしてる! ようちえんのおともだちにも、いっぱいせんでんするからね!」

「うん!」

絵本を作り始めてから、世界がどんどん広がって、明るい未来のビジョンが次々と映し出されていく。

嬉しくて、期待に胸が躍《おど》り出しちゃうよ。

(頑張らなくっちゃ……)

できれば人気作家になって、俺をバックアップしてくれる明彦さんの期待に応えたい。

みーくんや、双生児や、世界中の子供たちに喜んでもらえる作品を作りたい。

それが今の、俺の目標。

もう形のない、曖昧《あいまい》な夢なんかじゃないんだ。

俺はもうすぐ、絵本作家としての第一歩を踏み出す。

世の中には、働いている奥さんや、夢に向かって頑張っている奥さんはたくさんいる。

けれど、こんな理解あるステキな旦那さんに支えられている人が、いったいどれだけいるだろう？

明彦さんの愛情に包まれて、俺はとっても幸せだ。

その気持ちを彼に伝えたい。


みーくんが寝てしまってから、俺はそーっと明彦さんの部屋に忍《しの》んで行った。

「どうしたの、功一くん。眠れないのかい？」

「……っていうか、もっとあなたと一緒にいたくて……」

「いいよ。おいで」

ベッドの上で上体を起こして、明彦さんが微笑みながら手招きする。

俺は明彦さんの隣に潜《もぐ》りこみ、彼の胸に頭を凭《もた》せかけた。

「俺……あなたについてきてよかった……。何かある度に、いつもそう思います」

明彦さんは俺の髪を優しい手つきで撫でながら、静かに話を聴いてくれる。

「あなたは、俺に絵本作家の才能があるって言ってくれるけど、俺が大賞を取れたのは、あなたのおかげです。あなたと出会う前の、諦めることに慣れきっていた頃の俺だったら、あんなふうに不幸のあとで、みんなが幸せになれるラストシーンを描けたかどうか……」

我が身を犠牲にした愛が報《むく》われなかったら、いつか自分が可哀想になってくる。

永遠に無償《むしょう》の愛を注《そそ》ぎ続けるのは難しい。

出て行くばかりだったら、愛の泉もいつかは枯《か》れる。

枯れて、干上がって、ひび割れた大地が残るだけ。

そうなったとき、自分を犠牲にしたことを、後悔せずにいられるだろうか？

相手は別の誰かに愛情を注ぎ、幸せになり、自分だけがいつまでも不幸なまま。

そうなったら、綺麗だった無償の愛が、黒く濁《にご》って変質してしまう。

愛と憎しみは表裏一体。それを教えてくれたのは、元カレの正孝《まさたか》。

そして、報われる喜びを教えてくれたのはあなた。

「あなたと巡り逢えて、本当によかった……」

「それは僕の台詞だよ。もしも君に巡り逢えなかったら、僕は不幸のどん底に叩き落されたまま、這《は》い上がる気力を失《な》くしていただろう。二度と誰も愛せなくなっていたかもしれない。こうして満ち足りた人生を歩《あゆ》めるのは、君がそばにいてくれるからだ。何があっても、僕は君を放さない。放しはしない……!」

感情の入ったその台詞に心の琴線がふるえる。

「放さないで。ずっとあなたのそばにいさせて……」

どちらからともなく、唇が重なっていく。

愛しているとと言わんばかりに、しっとりと甘い蜜《みつ》を啜《すす》り合い、互いに優しく舌先で愛撫する。

うっとりするほど気持ちよくて、幸せで。

あなたを愛《いと》しく思う気持ちがこの胸の中で鳴り続ける。

「今夜は疲れているだろうから、するつもりはなかったんだが……もう止まらなくなった」

「止まらなくていいです。俺もあなたが欲しい……」

あなたが欲しい。

心の泉を、あなたの愛であふれるほど満たして欲しい。

もどかしい愛撫のあとで、明彦さんがようやく俺の中に挿入《はい》ってきた。

「ああ……っ、すごい……」

彼のたくましい男芯《だんしん》に貫《つらぬ》かれると、最初はさすがにキツイ。

でも、すぐに馴染《なじ》んで、もっともっと強い刺激が欲しくなる。

「動いて、明彦さん……ッ」

「辛くないかい？」

「平気だから、早く……」

明彦さんはゆっくりと腰を使い始め、次第にそれを激しくしていった。

「あ……っ、あん……」

強く、弱く、大きく、小さく、うねるように腰を回して——次にどう責めてくるのか判らない。

でも、彼には俺が、次にどこをどう責めて欲しいか判ってるみたい。

「イイ！　あああ……っ、すごい！　そこもっと……」

「こうかい？」

「そう！　それがいいの……ッ！」

彼のトリッキーな腰使いに翻弄《ほんろう》され、俺はいつも、彼の三倍はイカされまくってしまう。

「ああんっ、もうダメぇ……ッ！」

感じすぎて、目の前が白くなって。

俺は明彦さんに抱かれたまま、遥《はる》か天の頂《いただき》まで意識を飛ばしていた。

◇　◆　◇

創作活動をする上で、プロとアマチュアの違いはどこにあるのか――。

作品のレベルも一つの基準かもしれない。

でも、一番大きいのは、プロ意識を持って仕事できるかどうかだと思う。

俺は今、そういう意味で試《ため》されている。

「ここの色を、もう少し柔らかくして、ここはもっとグラデーションをはっきりさせてください。でないと、印刷したとき、色調が暗くなってしまいますから……」

そう。大賞受賞作品だからって、そのまま使ってもらえるわけじゃなかったんだ。

もう一度原稿を描き直したり、描き直した原稿をまた直したり……。

今までは褒《ほ》められてばかりだったし。あんまりダメ出しをくらうと、いい加減ヘコんでくる。

そんなとき、月宮先生や、ゆめの先生からのメールにずいぶん救われた。

【そういうもんさ。俺は今までに三冊絵本を出してもらってるけど、最初の本でダメ出しくらいまくったから、二作目以降、原画に直接色をつけるのはやめたよ。どうせ直すなら、そのほうが効率いいしね。松村さんもそうしてみたら？】

ゆめの先生のアドバイスに『なるほど』と思い。

【私も今、リテイクの嵐よぉ～！　でも頑張る！　少しでもクオリティーの高い本にしたいから】

月宮先生の意気込みに刺激され、『俺も愚痴《ぐち》なんてこぼしていられない！』と思った。

そうして必死に手直しして、ようやく担当の編集さんからOKをもらえたんだ。

「松村先生の作品は、来年の三月発売に決まりました。出版部数は八千部の予定です」

八千部って多いの？　少ないの？

有名な作家さんの小説や漫画は、出版部数何十万部とか、『一千万部突破！』って書いてあったりするけど。

自分が本を出してもらうのは初めてだから、まったくわからない。

俺の心の声が聞こえたのか、担当さんが教えてくれる。

「デビュー作で初版八千部っていうのは、うちで発行している絵本の中では頑張っているほうなんですよ。せめて出版部数の半分――できれば七割は売れてくれないと困るので、最初は少し控え目に作って、さらに販売を見込めるようなら増刷《ぞうさつ》する……という形を取らせていただいています。すでに他社で出版されている方なら、販売を見込める部数がわかるんですが――松村さんの場合、まったく予測がつかないので、これはいわば賭《か》けのようなものなんです」

それを聞いたとたん、ずっしり両肩が重くなった。

今まで俺は、自己満足のために絵本を作ってきた。

だけど、自分の本が商業ベースで売られるってことは、出版社の人たちや、製作にかかわってくれる人たちの『労働』に対する『責任』が生まれるってこと。

俺の本を読んでくれた人に、少しでも喜んでほしい。

一冊でも多く売れるといいな……と思う。

でも、『売れるといいな』じゃダメなんだ。一冊でも多く買ってもらわないと。

果《は》たして俺、みんなの期待に応えられるのかな？

「そんな情《なさ》けない顔しないでくださいよ。大丈夫。きっと売れます。たくさんの人に先生の本を愛読《あいどく》してもらえるよう、当社でも全面的にバックアップします。一緒に頑張りましょう！」

はいっ、頑張ります！

（俺の絵本が売れるよう、お礼参り方々、また祈願《きがん》しに行かないと……）

こんなビッグチャンスをくれた、気前のいい神様なんだもん。頼めばもう一度くらい、お願い聞いてくれるよね？

4. 次回作執筆《しっぴつ》!

自分の絵本を宣伝するため、ウェブサイトを作りたい。

だから俺は、明彦さんの伝《つて》で、ウェブデザイン講座に通《かよ》ってみた。

ちょっと難しいけど、コツがつかめてくると楽しくてハマっちゃう♪

ゆめの先生みたいなウェブ絵本も作ってみたいから、どうすればいいのかメールで聞いてみたら、そういう絵本を作るソフトがあるのだと教えてくれた。

ただ、ウェブ絵本を作るとなると、俺が持ってるノートパソコンでは、動作環境が厳しそうなんだ。

ただでさえ、ホームページ製作ソフトといっしょに、ワードやグラフィックソフトを同時に開くと、すぐにフリーズして困る。

賞金で、もっと性能のいいデスクトップを買うべきかなぁ……?

俺の声を吹き込むためのマイクもほしいし、本格的なCGソフトやペンタブレットもあったほうが便利かも……。

何度もパソコンをフリーズさせ、四苦八苦しながらウェブサイトを作っていると、突然キッズブックス編集部から電話がかかってきた。

『松村先生、コンテストにご応募いただいた原稿が二作目……ということでしたが、処女作は他社のコンテストにご応募なさったりとかは……』

「してないです。三作目は、同居している親戚《しんせき》の子の幼稚園で発表しましたけど。処女作《しょじょさく》はちょっと……ある意味恥ずかしいので、親戚の子供にプレゼントしたり、母の美容室に置いたりしてるくらいで……」

『では、これまでに描かれた作品も、他社に持ち込みしないでいただけますか？　もし他社で先生の本を出版したいと言ってきても、断って欲しいんです。現在当社では、松村先生の絵本発売に合わせて個展を開き、大々的に売り出す予定で動いているんですよ』

個……っ、個展～ッ⁉

なんか、だんだん大ごとになってる気がするんですけどっっっ！

『デビュー作を買ってくれた読者さんに忘れられないうちに、二作目を出したいですし。そろそろ次回作の準備も始めてくださいね』

「解りました。頑張ります！」

とは言ったものの…。

「……う〜ん、二作目はどんな内容にしよう……」

季節は冬へと移り変わり、街はクリスマスムード一色に塗り替えられている。

「クリスマスのお話なんてどうかなぁ……？　あ、でも、発売予定はいつだろう？　あまり間をおかずに……ってことだから、冬の話じゃマズイかな？」

いろいろ考えているうちに、パッとアイデアが浮かんできた。

「季節外《はず》れになってもいいや！　ダメって言われたら、描き直せばいいだけだもん。クリスマスのお話、描いちゃえ！」

俺はいきおいに任せて、新作の文を書き上げた。

『とっておきのプレゼント』

ぼくのパパとママはサンタクロース。

クリスマスイブに、世界中のこどもたちに
プレゼントをくばるのが仕事です。
今日はクリスマスイブだから、
二人はいつものように、重い荷物を背おって、
トナカイがひくソリに乗り込みました。
今年もぼくはおいてけぼり。
一人でるす番しなくちゃいけない。
そんなのいやだ！　さみしいよ！
「パパ！　ママ！　いかないで！」
なきながらダダをこねると、
二人ともこまった顔をします。

「今日はどうしてもいかなくちゃ。
世界中のこどもたちが、
サンタクロースを待っているからね」
「よいこたちにプレゼントをわたしたら、

すぐに帰ってきますよ。
しっかりおるす番しててちょうだい」
二人はやさしい声でぼくにそう言い聞かせると、
トナカイに「すすめ」と命令しました。

シャンシャンシャン……。
きれいな鈴の音《ね》をひびかせながら、
ソリは夜空を飛んでいきます。
「いやだよ！　パパ！　ママ！　まって！」
どんなに大きな声でさけんでも、
もう二人にはとどきません。
ソリはどんどん小さくなって、
とうとう見えなくなってしまいました。

世界中のこどもたちが
たのしみにしているクリスマス。

よそのこどもは、家族といっしょに
ごちそうをかこんでおいわいしてる。
なのにぼくだけひとりぼっち。
「クリスマスさえなかったら、
きっと、パパもママも、
ずっとおうちにいてくれるのに……」
よその子なんかにやさしくしないで、
ぼくだけをかわいがってほしい。
そうおもうぼくはわるい子かなぁ？
ぼくがわるい子だから、
『いかないで』ってないてたのんでも、
パパもママもしらん顔して、
よそのおうちのよいこのところへ
プレゼントをもっていっちゃうのかな？
「きっとそうだよ。
二人とも、わがままをいうぼくよりも、

よその子のほうがかわいいんだ……」
なけばなくほどかなしくなって、
なみだがあふれてとまりません。

なきつかれて、ぼくはいつのまにか
ぐっすりとねむっていました。
とおくで鈴の音が
きよらかになりひびいています。
「ただいま、わたしのかわいいぼうや」
「メリークリスマス！」
パパとママが帰ってきたようです。
ぼくはそれに気づいていたけど、
ねむくて目を開けられません。
「今年もこの子がおきている間に
帰ってくるのはムリだったか……」

ざんねんそうなパパの声。
「早く大きくなってくれたらいいわね。
そうしたら三人でプレゼントをくばれるから、
もう少し早く仕事を終わらせて、
うちも家族でクリスマスをいわえるかもよ」
なぐさめるようなママの声。
二人とも、ぼくが聞いていることに
気づいていないようです。
「よその子にばかりプレゼントして、
わが子はいつもあとまわし……。
サンタになんか、なるもんじゃないな」
「でも、最後のプレゼントはとっておきよ。
わたしはこの子にこれをあげるために、
サンタクロースの仕事をしているの」
「そうだね。わたしもきみとおんなじさ」

二人はぼくの寝顔をのぞきこみ、
しずかな声で天にいのります。
「どうかこの子が、世界中でだれより一番
しあわせになることができますように……」
右のほほにはパパからのキス。
左のほほにはママからのキス。
とっておきのプレゼントをもらって、
ぼくはまた、なきたくなりました。
『二人とも、わがままをいうぼくよりも、
よその子のほうがかわいいんだ……』
そんなふうにおもったのは、
まちがいだったと今ならわかります。
「パパ！　ママ！　ごめんなさい！」
ぼくはすっかり目をさまし、
パパとママにあやまりました。

「おやおや、ぼうや。おきていたのかい？」
「もうぐっすりねてるとおもっていたわ」
二人とも、目を丸くしておどろいています。
「それにしても、いったいどうして
『ごめんなさい』なんだ？」
「……もしかして、
わたしたちがいない間に、なにかやったの？
おこらないから、正直にはなしてごらん」
ぼくは自分がはずかしくて
しょんぼりうなだれるしかありませんでした。
「あのね、ぼくね、
パパもママも、ぼくよりよその子のほうが
かわいいんだとおもっていたの」
すると、二人ともすぐに
ニッコリ笑顔を見せてくれました。

「こどもはみんなかわいいけれど、
わたしたちにとって一番かわいいのは、
ぼうや、おまえだよ」
「あなたは、わたしたちのたからもの。
だれよりもたいせつなのよ」
それを聞いて、ぼくの胸は
じんわりとあったかくなりました。
おいてけぼりにされたときなら、
そんなことば、
きっと信じられなかったでしょう。
だけど今なら、すなおな気持ちで
信じることができるのです。
「うん。ぼくもパパとママがだいすき！
世界中で、いちばんたいせつなの！」
とっておきのプレゼントが、
ぼくを世界中で一番

しあわせなこどもにしてくれました。

ぼくのパパとママは、
世界中のこどもたちをしあわせにするために、
クリスマスイブの夜には、
いつもトナカイのソリに乗って
さむい夜のまちをかけ回っているのです。
サンタクロースって、
なんてステキなしごとなんだろう。
「ぼくも大きくなったら、
ぜったいサンタクロースになる！」
きっとサンタクロースになって、
世界中を、ぼくみたいに
しあわせなこどもでいっぱいにしたい。
それが今のぼくのゆめです。

やがてねむりの妖精が、
また、ぼくをむかえにきました。
こんどみたのは、たのしいゆめ。

ゆめの中ではおとなになったぼくが、
サンタクロースのかっこうで、
いそがしそうに夜のまちを
ソリに乗って飛びまわっていました。
まだしらないだれかが、
ぼくのとなりでわらっています。
「はやく仕事をおわらせて、
わたしたちのかわいいぼうやに、
とっておきのプレゼントを
はこんであげましょう」
「よーし、今年もがんばるぞ！」
しあわせをはこぶサンタクロースは、

きっとだれよりもしあわせなのです。
だって、とっておきのプレゼントは、
一番だいじなこどもにあげられる。
だからこんなさむい夜でも、
みんなのためにいっしょけんめい
はたらくことができるのです。
「メリークリスマス！
世界中のすべてのこどもたちが、
しあわせになれますように！」

おしまい

書き上げた文を見せたけど、結果は予想した通り。
「うーん、この作品が悪いというわけではないんですが、できれば半年以内に二作目を出したいんですよ。先生の場合、一作完成させるのに、どのくらいの日数がかかるものなんですか？」

「そうですねぇ……。直す日程を入れなかったら、普段は一カ月あれば上げられますけど……年末年始はいろいろあるので、もう少しかかるかと……」

「では、一作目の売れ行きをみて発行部数を調整したいので、二作目は、七月発売を目標にしましょう」

「じゃあ夏のお話か、発売時期を選ばない内容のお話を考えてみます」

担当さんには安請合いしちゃったけど、プレッシャーがかかってるのか、新しいアイデアが浮かんでこない。いったい何を書けばいいんだろう？

悩んでいると、みーくんがヒントをくれた。

「ねえ、こーぃちくん。かみさまって、ほんとうに、おねがいきいてくれるの？」

「きいてくれるよ。俺は神様に一所懸命お願いしたら、大きな賞をもらって、絵本作家になるチャンスをもらったもの」

「でもね、めぐみちゃんは、かみさまにいっしょけんめいおねがいしたけど、クリスマスかいのおゆうぎ、てんしのやくがもらえなかった……ってないてたよ」

「それは……」

こんな小さな子供相手に、『しょうがないよ。運のいい人もいれば、悪い人もいるんだ』なんて、俺にはどうしても答えることができなかった。

「かわいそうだったね。きっと神様も、めぐみちゃんと一緒に泣いてるよ」

「ないてるの？　どうして？」

「神様は、めぐみちゃんのこと、とっても大好きだからだよ」

そこでふと閃《ひらめ》いた。

そうだ！　二作目は、神様のお話を書こう。

可哀想《かわいそう》なめぐみちゃんの涙を止めてあげたいし。

みーくんにも、ちゃんと伝えたかったのに、うまく伝えられなかった。その想いを、絵本という形で表現してみよう！

俺は何かに取り憑《つ》かれたように、夢中で絵本の文章を書いた。

『神さまのなみだ』

神さまはいつもお空の上で、
地上にすむ人々の声を聞いています。

「神さま、どうかねがいをかなえてください。

ぼくはむずかしい試験に合格して、
いい学校に入りたいんです」

「わたし、アイドルになりたいの！」

「いい会社に入って出世したい！」

「うちのお店に、たくさんお客さんがきて、
たくさんお金がもうかりますように……」

「どうか病気を治《なお》してください！」

「働かずに一生あそんでくらしたいです。

宝くじで一等が当たりますように……」
でも、むずかしい試験に合格したい人も、
アイドルになりたい子も、
出世してお金持ちになりたい人も、
数えきれないほどおおぜいいます。
どうしても、ぜんぶのおねがいを
きいてあげることができません。
それが神さまのなやみのタネでした。

「あの子はとてもがんばっている。
だが、わたしが手をかして
どうにか試験に合格させても、
あとで苦しいおもいをしそうだなぁ……」
「ああ……あの子はもしかしたら、
アイドルになれるかもしれない。
チャンスをあげることにしよう」

「いい会社に入って出世したい……か……。
会社に入るだけならともかく、
出世できるかは、本人のがんばりしだいだ」
「お店にたくさんお客さんがくる
きっかけをつくってあげよう。
ずっとひいきにしてもらえるといいね」
「あなたの病気は、毎日早寝早起きして、
軽い運動と、バランスの取れた食事をすれば、
治りますよ。だいじょうぶ」
「働かずに一生あそんでくらしたい？
ふざけるんじゃありません！
そういう人は、いくらお金が入っても、
すぐに使い切ってしまうものです！」
つごうのいいねがいごとをいうばかりで、
じぶんはがんばるつもりがないのなら、
そんなおねがい、かなえるわけにはいきません。

ねがいごとがあるときだけやってきて、
かなわなければもんくをいう。
そんなかってな人もたくさんいます。
「どうせ神さまなんて、なんにもしてくれない。
手を合わせるだけムダだよ」
こういう声を聞いてしまって、
神さまは、とてもかなしくなりました。
「どうしてみんな、わたしにねがいごとしか
言わないのだろう？」
どうすればみんながしあわせになれるか、
いつもいっしょけんめいかんがえているのに。
「なんだかつかれてしまったよ…」
神さまの口からこぼれるのは、ためいきばかり。
「もう、ねがいごとをきくのはやめようか……」
耳をふさいでしまえば、

神さまをせめる声など聞かずにすみます。
神さまが両手で耳をふさぎかけた、
そのときでした。

「神さま！　ありがとうございます！
わたし、むずかしい手術に成功しました！
手術してもたすからないかもしれないって、
お医者さまに言われたのに、
おとなになっても生きられるんです！
ほんとうに、ありがとうございました！」
かわいらしい少女の声が聞こえてきたのです。
「ああ……たしかあの子は生まれたときから、
おもい病気にかかっていたんだったな……」
まだ生きたいという少女のねがい。
死なせたくないという家族のねがい。
そのねがいがあんまりつよかったから、

神さまは死神におねがいしたのです。
「どうかまだ、あの子を
つれていかないでほしい」と。

少女はそれから、毎日毎日、
神さまに話しかけてきました。
「今日、私がそだてたアサガオがさきました。
こんなにきれいなアサガオをみられて、
わたし、すごくうれしいです！
ありがとう、神さま！」
「きれいな月……。
月がこんなにきれいだってこと、
今までしりませんでした。
ありがとう、神さま！」
ねがいごとと、もんくばかりきかされて、
とてもつかれていた神さまの心は、

少女の声になぐさめられました。
「わたしはやっぱり人間がすきだ。
この子のような人間を、
一人でもたくさんしあわせにしてあげたい」
神さまはまた、みんなをしあわせにするために、
しんけんに願いごとを聞くようになったのです。

月日はながれ、少女はおとなになりました。
愛する人をみつけてけっこんし、
かわいいこどもも生まれたのです。
「おとなになるまで生きられないって、
お医者さまに言われていたわたしにも、
こんなかわいいこどもができた……。
ゆめみたいだわ。かみさまありがとう」
その笑顔をみていると、神さままで
しあわせな気分になれました。

でも、ゆめのようなしあわせは、
長くは続きませんでした。
「うそでしょう⁉
この子もわたしとおんなじ病気なの⁉」
生まれて間もない小さなこどもは、
今しも死神につれて行かれそうです。
「神さま、おねがいです！
どうかこの子をたすけてください！
わたしの命とひきかえにしてもかまいません！」
たすけてあげたい。
そうおもいましたが、人の死をきめるのは、
神さまの仕事ではありません。
「死神よ、おねがいだ。
あのこどもをたすけてやってくれ」

神さまの言葉に、死神は首を横にふります。
「それはできない。
消えかけた命のほのおを消したくなければ、
べつの命をぎせいにするしかないのだ。
あの母親も、そうして生きながらえた。
だからこどもがだれかのぎせいになっても、
それが運命だと、うけ入れるしかあるまい」
「そんな……っ！
それではあんまりかわいそうすぎる……！」
神さまはなきました。
こどもも母親もかわいそうでなきました。
いっしょになくしかできないことが、
かなしくて、くやしくて、またなきました。
死神にこどもをつれて行かれた母親は、
すっかり笑顔をなくしてしまい、

もう、神さまに話しかけてもくれません。
「あの子にわらってほしい……
どうしたらすこしでもげんきになるだろう？」
神さまは、少女のころから見守りつづけた、
かわいそうな母親のもとへ――
地上へと、しずかに下りて行きました。

「おまえがないてばかりいると、
わたしもかなしくて、なみだがとまらないよ。
もういちど、
おまえの、しあわせそうなえがおがみたい」
しらない人に、いきなりそう話しかけられて、
母親はとてもビックリしました。
「あなたはだれ？」
「わたしは、神さまと呼ばれているものだ。
おまえがまだ少女だったころ、

消えかけていたおまえの命の火を、
消さないでくれと、死神にたのんだことがある」
それを聞いて母親は、ひっしな顔で、
なきながら神さまにおねがいしました。
「だったらもう一度、死神にたのんでください！
わたしのこどもを生きかえらせて！
もう一度だけ、きせきを起こして……！」
でも神さまは、かなしい目をして、
しずかに首をよこにふります。
「つれて行かないでくれとたのんだが、
こんどはたのみをきいてもらえなかった。
死神がいうには、おまえのこどもは、
だれかの代わりとして、つれて行かれる。
おまえも、だれかの命をもらっているから、
それが運命だと、うけ入れるしかないそうだ」
信じられない。信じたくない。

そんな顔をした母親は、
やがて狂ったようにさけびました。
「ひどい！　ひどい！　あんまりだわ！
こんな思いをするくらいなら、
あのとき死んだほうがよかった……！」
まだ生きられるよろこびに
かがやいていた少女のえがお。
それが今は、なきながら神さまをせめています。
かなしくて、神さまもなきたくなりました。
「おまえは、ほんとうに、そう思っているのか？
わたしはおまえを、もっと不幸にしただけか？
何もしないで、おまえが死ぬのを見ていれば、
おまえは今より、しあわせでいられたのか？」

そのときふと、母親は思い出しました。
きれいにさいたアサガオの花。

夜空にきらめくたくさんの星や、
地上に光をそそいでくれる美しい月。
それを見たとき、とてもしあわせでした。
大人になって、恋をして、
愛する人とけっこんできたのも、
かわいいこどもが生まれたのも、
こうして生きていたからです。
「ごめんなさい、神さま。
あんまりかなしかったから、わすれていました。
もっと長く生きたいと、ねがったのはわたし。
神さまのせいではありません。
むしろわたしは、神さまのおかげで、
たくさんのしあわせを手に入れました。
あの子は死んでしまったけれど、
あの子に会えてしあわせだった……。
生きていてよかった……！」

それを聞いた神さまは、しずかにほほえみ、
ポトリとなみだをこぼしました。
ぱぁっと明るく差しこんできた太陽の光が、
なみだにうつって、虹色にかがやいています。
虹色の光は、やがてこどもの形になりました。
こどもは、じっと母親を見つめてはなしかけます。
「お母さん。ぼくも、すごくしあわせだったよ。
今度生まれてくるときも、
やっぱり、お母さんのこどもに生まれたい。
大すきだよ、お母さん」
母親がかけよって、こどもを胸にだきしめると、
こどもは母親にすいこまれるように、
すうっと消えていきました。

おどろいている母親に、神さまがいいます。

「おまえのこどもは死んでしまったが、
こどものたましいは生きている。
おまえがあの子をわすれないかぎり、
あの子はおまえのこころのなかで、
これからもずっと生きつづけるだろう」
心のなかにあの子がいる。
そう思うと、胸があたたかくなってきます。
「忘れません、神さま。
わたしの命は、あなたがくれたもの。
あなたがいたから、あの子が生まれたんです。
あの子は神さまのこどもだから、
ほかの子より早く天国へ帰っただけ。
これからはずっと、この胸の中で、
あの子がわたしを見守っていてくれるでしょう。
今まで神さまが、わたしを見守っていてくれたように」
ないていた母親が、ようやくほほえんでくれた。

これでやっと神さまも、安心して天国へ帰れます。

それからしばらくして、母親は気づきました。
「おなかの中に赤ちゃんがいる……。
もう一度、こどもが生まれてくるんだわ！
神さま、ありがとう！」
かがやくような笑顔になって、
天に向かって語りかけてくる母親の声。
それを聞いた神さまも、満足そうにほほえみました。
「おまえが、しあわせそうにわらっている。
それがわたしのしあわせでもあるのだよ」
神さまが起こすきせきは、
しあわせをねがうきもちから生まれるもの。

今日も地上のどこかから、だれかの声が聞こえてきます。
「神さま。どうか、わたしのねがいをかなえてください！」

「はてさて、なにがのぞみだね？
かなえてあげてもかまわないが、
ほんとうにそれでしあわせか？
しあわせになれるかどうかは本人しだい。
わたしにできるのは、きせきを起こすことだけだ」
きせきを起こせば、しあわせになれる人がいる。
でもそのせいで、だれかがなくかもしれない。
それがよくわかっているから、
神さまは、かんたんにきせきを起こせません。
どうすればみんなしあわせになれるのか、
じっくりかんがえるために、
今日もみんなの声を聞きながら、
お空の上から見守ってくれているのです。

おしまい

ちょっとヘビーなお話だけど、気に入ってもらえるといいなぁ……。

俺的には気に入ってるから、できれば出版してほしい。


「ねえ、明彦さん。担当さんに見せる前に、相談に乗ってくれる？」

「構わないよ」

「みーくも！　こーぃちくんのそうだんにのる！」

「うん。じゃあ、文章を読み上げるから、聞いてね」

俺は書き下ろした文章を二人に読み聞かせた。

すると、二人とも、『ここが泣かせどころだー！』と思って書いたシーンにさしかかると、涙のスイッチを入れたみたいにダラダラ涙を流してくれる。

（うーん、ここまで泣いてくれると、作家冥利《みょうり》に尽《つ》きるよねぇ……）

それにしても、大人と子供っていう違いはあるけど、反応がそっくり。

「どうだった？」

感想を聞いてみると、まずみーくんが答えた。

「よかったね。おかあさんも、かみさまも、あかちゃんもよかったね。こーぃちくん、まえに『かみさまないてる』ゆってたけど、みーく、いまわかった。かみさま、ほんとはめぐみちゃんに、てんしのやくをあげたかったんだよね？　でも、てんしのやくをやりたいこは、ほかにもいっぱいいいたから、かなえてあげられなかったんだ」

「うん。そう。そうなんだよ」

俺が伝えたいこと、ちゃんと解ってもらえてうれしかった。

「功一くんが書くお話は、特にこういう泣ける物語がいいね。登場人物の気持ちがよく書けていて、胸に迫るものがある。お話だけでもすごくよかったけど、早く絵も見たいよ。今度はどんな温かい絵を見せてくれるのか、とても楽しみだ」

二人の言葉に勇気づけられ、俺はそれを、ドキドキしながら担当さんに見せた。

担当さんは、俺の目の前で、難しい顔で真剣に読み込みをする。

(ダ……ダメ？　やっぱヘビーすぎてボツかな？)

ビクビクしながら顔色を窺《うかが》うと、担当さんは、難しい顔のまま言う。

「先生、これはちょっと……」

やっぱりダメらしい。

――と思ったら、意外な台詞が飛び出してきた。

「あんまり泣けるお話なんで、涙をこらえるのが大変でしたよ。先生、泣かせるお話が得意なんですねぇ。二作目はぜひ、これでいきましょう！」

ボツを食《く》らうどころか、大いに気に入られたようだ。

（よかった。二作目も、頑張っていい作品を書こう！）

絵本作家デビューまで、あと三カ月。

とっても楽しみです♪

5．作家デビュー！

とうとう俺の絵本が発売される！

賞をもらったときは、とにかく夢みたいで嬉しかったけど、今は現実に『絵本が売れるか』っていう不安のほうが大きい。

絵本発売に合わせて開く初の個展は、月曜日から日曜日までの一週間、銀座のギャラリーを借りて催《もよお》すそうだ。

（デビューしたての新人なのに、こんな派手なイベントやって、大丈夫かなぁ……？）

個展の準備で忙しいから、悲観的にグルグル悩んでる時間はないんだけど。

でも、時々ふと考えちゃう。

（知り合いしか来てくれなかったらどうしよう）

（その知り合いすら、ろくに来てくれなかったらどうしよう）

両親と詩織《しおり》姉ちゃんたちにも、招待状を送ったけど——春休みとはいえ、そうそう気軽に見に来れる距離じゃないし。いつ行く……なんて連絡も来ないから、きっと都合がつかないんだろうなぁ……。


あっという間に時は過ぎ、今日はもう個展の初日だ。

会場には本人か関係者が常駐《じょうちゅう》しないといけないとかで、俺はみーくんを平井《ひらい》さんに預けて、作品搬入《はんにゅう》時からずっと開場に詰めている。

出版社からも、俺の担当さんと、アルバイトの女の子が手伝いに来てくれている。

といっても、仕切りはすべて出版社の人たちがやってくれたから、どっちがお手伝いだか判りゃしない。


午前十一時。開場するなり、可愛い幼児が俺のところへ駆《か》けてくる。

「こーぃちくぅ～ん！」

「みーくん！　もしかして、一番乗りだったの？」

「うん！　あさからずっと、おばちゃんとケースケくんと、ガラリーがあくの、まってたの！」

（うわぁ……申し訳ない。きっとみーくんが『早く早く』って急《せ》かしたんだろうなぁ……）

みーくんの後ろで、平井さんたちがニコニコ笑ってる。

「よ、コーイチ」

「早速観《み》に来たわよ」

「本日はわざわざ足を運んでくださって、ありがとうございます。発売された絵本は、コンテストに出した初稿に少し手を加えてあるんです。ゆっくり見ていってくださいね」

そう言って頭を下げると、啓介《けいすけ》くんが茶化《ちゃか》した口調でこう返す。

「そんなごテイネイにアイサツされると、オレっち反応に困っちゃう。……それにしても、こんな立派なギャラリーで個展開くなんて、なーんかスゲーじゃん。プロの作家みたいで」

すると、平井さんが困った顔で啓介くんを窘《たしな》める。

「もうプロの作家さんじゃないの。解ってて言うんだから、意地が悪いわよねぇ……」

「あはは。そーいやコーイチ、けっこー有名人みたいじゃん。俺がトモダチだって知ったとたん、ミーハーな女どもが『サインもらってくれ』ってうるッせーの。『本人が開場にいるから、個展に行って自力でゲットして来い！』って言っといたんだ。もしうちのガッコのヤツらがサインねだりに来たら、ヨロシク頼むわ」

「うん。サインくらい、いくらでもOKだよ。啓介くんと平井さんの分、プレゼントするつもりで用意してるんだけど――これにもサイン入れたほうがいい？」

「もちろん！」

「お願いするわ」

俺はちょっぴりドキドキしながら、初めて使う『まつむらこういち』というサインを、日付と宛名《あてな》とコメントをつけて、絵本の表紙裏にマーカーで書き入れた。

本を渡すと、啓介くんに早速ツッコまれちゃったよ。

「コーイチ、サイン相当練習しただろ？」

「悪い？　どうせなら、やっぱカッコよくサインしたいじゃない」

「ふふん、絵本作家らしいサインになってるよ。いい傾向《けいこう》。プロ根性出てきたってコトだ」

「じゃあ功一くん、頑張ってね。主人は今日仕事で来れないけど、また休みの日に二人で観に来るから……」

「そんな……お気遣いいただかなくてもいいですよ。同じ展示物を何度も観るのは退屈じゃないですか？」

恐縮《きょうしゅく》してみせると、平井さんは軽やかに声を立てて笑う。

「いやねぇ。デートに決まってるでしょ。たまにはコブ抜きでお出かけしたいじゃないの」

「かあちゃん、コブって俺のことかい」

「あら、コブだっていう自覚があるの？」

「ひっでー！　やっぱりコブだと思ってるんだ！　ちくしょう、グレてやる」

「あなたの『グレてやる』は、いつもお父さんのお酒を盗み飲みする口実なのよねぇ……」

平井さんが呆《あき》れ顔でため息をつく。

そんな母子《おやこ》漫才を見ていると、つい笑みがこぼれてしまう。


平井さんたちがみーくんを連れて順路を回り始めると、今度は金成《かねなり》さんがお祝いを言いに来てくれた。

「おめでとう、功一くん」

「金成さん。ありがとうございます。これが大賞を受賞した、デビュー作の絵本です。ぜひ記念にもらってください」

金成さんは、亡き愛犬が主人公の絵本を受け取り、しみじみと呟《つぶや》く。

「この絵本が出版されて、タロもきっと、草葉《くさば》の陰《かげ》で喜んでおるじゃろうて」

「ええ。もしかしたら、大賞デビューできたのは、タロが力を貸してくれたからかもしれませんね」

本当にタロのおかげだよ。タロの死を嘆《なげ》き悲しむ金成さんを慰《なぐさ》めたいと思わなかったら、この作品は生まれなかった。俺はまだ将来の夢も見つけられず、この先何をしたいのか、何をすればいいのか、ずっと悩んでいただろう。

二人してタロの思い出に浸《ひた》っていると、みーくんの幼稚園のお友達——ちずるちゃんと、そのお母さんが近づいてきた。

「絵本発売おめでとう、功一くん。どうも、お久しぶりです、金成さん」

ちずるちゃん母子は、金成さんがタロの死後に飼い始めたポメラニアンの雑種——ジロの、もともとの飼い主なんだ。ちずるちゃんは、時々みーくんとジロを見に行ってるけど、お母さんが金成さんと顔を合わせるのは、仔犬《こいぬ》をあげて以来だっけ。

「いつもちずるから、ジロの話を聞かされてますのよ。とても可愛がってくださっているようで……ありがとうございます」

「こちらこそ。ジロが来てくれたおかげで家が明るくなりました」

お母さんの横で、さっきからずっとキョロキョロしているちずるちゃんが、内緒話でもするみたいに、俺に話しかけてきた。

「ねえ、みーくんきてる？」

「うん。あっちにいるよ」

指差した場所には、みーくんにラブラブ・アタック中のアリサちゃんもいるようだ。

（いつの間に来てたんだろう？）

ちずるちゃんはムッとしながら、『後れを取ってなるものですか！』とばかりに、お母さんの手を引っぱって、みーくんのほうへと急ぐ。

（相変わらずモテモテだな、みーくん……）


幼稚園のお友達は、他にもいっぱい来てくれた。

お友達が、お友達を誘って来てくれたおかげで、なんだかとっても賑《にぎ》わっている。

そこへさらに、お昼を少し回った頃、賑やかな団体が到着した。

「功一！　来たぞ、功一！」

「父さん……」

父さんを先頭に、俺の親族六人がそろって会場に現れたんだ。

「ええっ⁉　いつこっちへ着いたの？　連絡くれたらよかったのに……」

俺の問《と》いに姉ちゃんが答えた。

「連絡しても、功ちゃん忙しくて、迎えに来る余裕なんてないでしょ。だったら黙って会場に行って、ビックリさせようってことになったのよ」

「うん、ビックリした。まさか来てくれるなんて……」

最後まで言い終わる前に、父さんが口を挟《はさ》む。

「可愛い息子の晴れ舞台に、顔を出さんはずがなかろうが」

母さんも穏《おだ》やかに笑いながら言う。

「月曜日なら美容院は定休日だし。夕べ高速バスに乗って、今朝七時前にこっちに着いたの。ギャラリーの開館が十一時で、中途半端に時間が余るじゃない？　落ち着いてゆっくり絵を観て回れるように、お昼ご飯も済ませて来たわ。今夜のバスで帰るから、功一は何も気を遣わなくていいのよ」

「それはこっちのセリフだって。母さんたちこそ、気の回しすぎだよ。せめて夕飯だけでも一緒に食べよう。確か帰りのバスは、九時前に出るんだよね？」

すると姉ちゃんが、ニヤッと笑って教えてくれる。

「もう明彦《あきひこ》さんが、バスターミナルの近くのお店を予約してくれてるわ」

「ええっ⁉　つまり、何も知らなかったの、俺だけ……ってこと⁉」

「その通り～♪　じゃあアタシたち、ちょっと功ちゃんの絵を観てくるわね。ほら、翼《つばさ》、翔《かける》。あっちにみーくんいるわよ。行こう」

双生児の手を引いて歩き出した詩織姉ちゃんを先頭に、みんながみーくんや平井さんたちのいるほうへ行ってしまった。

ところが、なぜかお義兄《にい》さんだけテテテッと引き返してきて、俺にこっそり耳打ちしたんだ。

「功一くん。去年の夏にした約束、憶《おぼ》えてる?」

「去年の夏……?」

それならちゃんと憶えてる。

『絵本が出たら買いますから、サインしてくださいね!』

『買わなくたって、サイン本をプレゼントしますよ』

『ダメです。お願いしたいのは、一冊二冊じゃありませんから』

あのとき姉ちゃんや双生児《ふたご》に、『一家に一冊ではなく、一人一冊ずつほしい』ってねだられたんだよね。

「サイン本なら、あとでお土産《みやげ》に渡しますよ。ちゃんと人数分、用意してますから」

「違う違う。うちのじゃないんだ。実は知り合いに頼まれちゃって……」

……って、もしかしてお義兄さん、去年の夏からそのつもりだったんじゃ……。

「絵本、ここで売ってるんだよね? 二十冊ほど買うから、全部にサイン頼めるかな? 詩織やお義父さんにバレたら『抜け駆けした!』って怒られちゃうから、できればこっそり会社のほうに送ってくれる?」

俺が両親と和解するため、いろいろ手助けしてくれたお義兄さんの頼みだ。断れるはずがない。

「解りました。あとでサインして送ります」

ヒソヒソ密談《みつだん》していると、姉ちゃんが振り返って言う。

「何してるの、大空《おおぞら》！」

「はいはい、今行くよ！」

「じゃ、よろしく。会社の住所はここに書いてありますから」

お義兄さんは俺の手に名刺とお金を握《にぎ》らせて、慌ててみんなと合流する。

ちなみに、抜け駆けしたのはお義兄さんだけじゃなかったりして……。


一通り観て回ってから、詩織姉ちゃんが俺のところへ来て言った。

「ちょっと平井さんたちと観光してくるわ。明彦さんとは、バスターミナル前で十八時五十分に待ち合わせしているの。現地集合ってことで、功ちゃんも閉館したら来て。遅れるようなら、啓介くんが待ち合わせ場所に残ってくれるそうだから」

「うん」

「ところで功ちゃん。ちょっとお願いがあるんだけど――実はね、双生児の幼稚園で親しくしているママさんたちに、功ちゃんのサインを頼まれたの。『本を買うからサインしてもらってきて』って……。お金も預かってるのよ。お願いできる？」

「俺が姉ちゃんの頼みを断れるわけないじゃない」

「ありがと、功ちゃん。じゃあこれ、二十五冊分ね。父さんたちに抜け駆けしたことバレたら困るから、自宅宛に、月曜日の午前中必着で送ってちょうだい」

ちょっと『うへぇ……』と思ったけど、これはきっと、俺の本を一冊でも多く売ろうと、一所懸命宣伝してくれた結果なんだろうなぁ……。

俺は姉ちゃんに感謝しつつ、サインを引き受けた。


そうして姉ちゃんたちを見送った直後。

「あの……まつむらこういち先生ですよね？」

今度は知らない女子大生の一団に声をかけられた。

「ええ、そうですけど……」

答えたとたん、どっと場違いな黄色い声が上がる。

「いや～んッ！　平井くんが言ってた通り～！　ご本人もカワイイ～♡」

どうやら啓介くんが言っていた、大学の友達らしい。

（カワイイってねぇ……。俺、多分君たちより年上だよ）

ムッとしちゃうけど、ファンサービスでひたすらニッコリ笑っていると、レイヤーボブの利発そうな女の子が代表して言う。

「大賞受賞デビューおめでとうございます！　私たち、平井啓介くんの友人です。大学で、絵本の読み聞かせや人形劇のボランティアサークルやってます。先生が幼稚園で発表なさった紙芝居のコピーを見て以来、ずっと先生のファンなんです！」

「君たち、『おひなさまのたんじょうび』観てくれたんだ」

そういえば俺、園長先生に頼まれて、紙芝居の複製を寄贈《きぞう》したんだっけ……。

「ひなこちゃんのお姉ちゃんがとっても男前でした！　私もあんなお姉ちゃんがほしいです。デビュー作のタロも、すっごく健気《けなげ》で可愛くて、ますますファンになりました！　先生、どうか絵本にサインしてください！」

「もちろん」

一人にサインしていると、我も我もと群がってきて、とうとうサイン会みたいなノリになってきた。

（今日はサイン責めだな……）

さすがに疲れて気分はグッタリ。

でも、このあと楽しい食事会が待っている。

俺は閉館と同時に待ち合わせ場所に急ぎ、啓介くんと合流し、みんなのところへ向かった。

明彦さんが予約していた飲食店は、バスターミナルのすぐ近くにあるビルの中。

「へえ……。ここならギリギリまでゆっくりできるね」

店員さんに案内されたお座敷に着くと、俺の家族と親族と、平井夫妻が拍手で迎えてくれた。

「絵本発売と初の個展おめでとう！」

嬉しいけど、恥ずかしいって！

「料理はもう注文してあるわよ。さ、乾杯しましょ」

こうしてみんなに、何度デビューを祝ってもらったことだろう。

乾杯してビールを飲んだら、さすがに我慢が利《き》かなくなった。

「ごめん、俺ちょっと……食事の前に行ってくる」

「ああ、じゃあワシも一緒に……」

俺と父さんは、長い廊下を連れ立ってトイレに向かう。

「なあ、功一」

父さんは、何か話しかけたまま、口ごもってもじもじしている。

「なあに、父さん。俺に頼みでもあるの？」

ここですでに、なんとなく父さんが言いたいことの予想はついていた。

「う……うむ……。実はな、知り合いに、お前のサインを頼まれたんだ。詩織や母さんには内緒で、サインした本を会社に送ってくれんか？」

やっぱり……と内心ため息をつきながら、ニッコリ笑顔で聞いてあげる。

「いいよ。何冊？」

「うむ、できれば二十冊ばかり……」

こっそり抜け駆けしてサインを頼んだつもりらしいけど、考えることはみんな同じだ。それならいっそ、堂々と頼んで、牽制《けんせい》し合ってくれたほうがマシなんだけどな……。

みんなで楽しく食べて、飲んで、騒いでいるうちに、バスの発車時間が近づいてきた。俺たちは発車十分前に店を出て、バスターミナルへ向かう。

その途中、母さんが俺の腕を取り、内緒話よろしく耳元で囁いた。

「功一、お願いがあるの。お店のお得意さんや、ご近所の奥さんに頼まれたのよ。三十冊ほど、絵本にサインして送ってくれないかしら？」

「うっ……い……いいよ」

ニッコリ笑った笑顔がさすがに引きつってしまった。

（まあ……これも親孝行のうちか……）

こうして一人ずつが頼んだ量は、『ちょっと多いけど、まあこれくらいなら……』と笑って引き受けられる範囲だ。

でも、お土産に渡した贈呈本《ぞうていぼん》を含めると、合計百一冊！　俺は百一冊も、身内からサインを頼まれたんだ！　喜しいけどさすがにげんなりしちゃう。


みんなと別れて自宅に着いたら、どっと疲れが押し寄せてきた。

グデンとソファーにひっくり返って、しばらくうとうとしていたら、明彦さんが優しく俺を揺り起こす。

「功一くん。光彦はもう、風呂に入れて、寝かしつけてきた。君も早く風呂に入っておいで。相当疲れているようだね。一人で入れるかい？　僕が手伝ってあげようか？」

そうしてもらえたら楽だな……って思ったけど、もしみーくんが目を覚まして、その現場を目撃したら——いったいどう言い訳すればいいのやら。

「大丈夫。一人で入れます」

「そう？　残念だな。至《いた》れり尽くせり、世話を焼いてあげたかったのに……」

やっぱ断って正解だ。油断したら下《しも》の世話まで焼かれそうだもん。

いつもは長風呂の俺だけど、今日はさすがにカラスの行水《ぎょうずい》。熱めのお湯にパッと漬《つ》かって、チャッチャッと洗って上がってきた。

リビングでニュースを見ていた明彦さんが、俺に気づいて穏やかに微笑む。

「風呂に入ったら、少しは目が覚めたようだね」

「ええ。おかげ様で」

明彦さんはソファに座るよう俺を促《うなが》し、冷えたスポーツドリンクを二人分持ってきて、優雅な動作でテーブルに置いて隣に腰かけた。

なんとなく聞けないでいるけど、こういうときいつも思うよ。この人もしかして、お水系のアルバイトもやったことあるんじゃないかな……って。

「初めての個展はどうだった？」

「お客さんが来てくれるか心配だったけど、知り合いが友達連れて来てくれたし。新聞や出版社サイトの告知《こくち》を見て、『大賞受賞作家の作品』に興味を持って来てくれた人もいたみたい。ちょうど春休みだから、近場のレジャー感覚で来てくれた人もいたかもね」

「そう。初日に行けなくて残念だったな。土日は必ず行くよ。最終日には撤収《てつしゅう》作業を手伝うから」

「ありがとう。頼りにしてるね」

すると、明彦さんは嬉しそうに破顔《はがん》し、悪戯《いたずら》を企《くわだ》てる子供のような眼をして言う。

「実はね、君に頼みがあるんだけど……」

「頼み……？」

そこでふと、今日何度も言われたあのセリフが脳裏をよぎる。

「うん。会社の上司や同僚に、君のサイン本を頼まれたんだ」

（やっぱりぃ～ッ!!）

もしかして、至れり尽くせりサービスしたかったのは、ご機嫌取りしておねだりするつもりだったから？

（なんか……みーくんと行動パターンがおんなじ……）

俺はもう、さすがに愛想をまく気力がなくて、投げやりに聞いた。

「それで？　あなたは何冊頼まれたの？」

その口調に『おや？』と感じるものがあったようだ。

「……もしかして、お義父さんたちもサインを…？」

「父さんとお義兄さんが二十五冊、詩織姉ちゃんが二十五冊、母さんが三十冊。ついでにいうと、啓介くんの友達も八人くらいいたかな」

「……そんなに……。ごめん。やっぱり僕の分はいいよ」

しょぼーんと肩を落としてそう言う彼を見ていると、苛《いじ》めたみたいで後味が悪い。

「別にサインするのが嫌ってワケじゃないんです。デビューしたての新人作家のサインを欲しがってくれるんだもの。感謝こそすれ、面倒だなんて思っちゃ罰《ばち》が当たります。全員に、心をこめてサインしますよ。何冊あればいいんですか？」

「じゃあ十二冊ほど、頼まれてくれるかい？」

「ええ。その代わり、ちょっと腕と肩をマッサージしてくれます？」

「お安いご用さ」

明彦さんは嬉々《きき》として、まず俺の腕を揉《も》み始めた。血行《けっこう》をよくするために、末端《まったん》から心臓に向かって行う、『軽擦《けいさつ》』っていう優しい刺激のマッサージだ。

「あ～気持ちいい～……」

明彦さんって、すんごくマッサージが上手いんだよね。腕のコリをほぐしてから、いよいよ肩を揉まれて、あまりの気持ちよさに思わずため息が漏《も》れる。

「あっ、そこッ！　イイ……ッ！」

不意にマッサージの手が止まり、どうしたのかと怪訝《けげん》に思って振り返ると、明彦さんは情けない表情で困惑していた。

「すまない、ちょっとトイレに行ってくるよ」

ハッと察して股間《こかん》を見れば、思いっきり臨戦態勢《りんせんたいせい》を取っている。これじゃ確かにつらそうだ。

「マッサージのお返し、してあげましょうか？」

思わずそう申し出たら、驚いた顔をする。

「でも、疲れてるんじゃ……」

「疲れてるけど、俺の声に煽《あお》られて、そんなことになっちゃったんでしょう？　責任取らなきゃ、可哀想かな……って」

すると明彦さんは、チワワがおねだりするみたいに、瞳をウルウルさせながら言う。

「本当にいいの？」

俺は彼を誘うように微笑んで答えた。

「ここじゃダメ。あなたの部屋で、手と口でするだけ。それでもいい？」

「もちろんだとも！」

明彦さんは早速俺を抱き上げて、自分の部屋に連れ込もうとする。

「ちょっと待って！」

「ダメだ、待てない！」

即行《そっこう》でベッドの上に寝かされて、熱い口づけを奪われた。

彼の手が、俺の手をそっとつかんで欲望に導く。

俺ははちきれそうな彼の情熱を、愛情こめて愛撫し、慰《なぐさ》めてあげた。

彼も愛おしげに、俺の体を愛撫してくれる。

激しい愛の行為はなくても、優しい触れ合いが心を満たしていく。

「明彦さん、大好き♡」

彼の首にしがみつくと、ギュッと抱きしめてくれた。

「僕も功一くんが大好きだよ」

この頼もしくて温かい腕に、俺はいつまでも抱かれていたいと思った。

6. 予想外の展開

初めての個展は、新人絵本作家としては、なかなか盛況だったらしい。

本の売れ行きもまずまずで、大ヒットとまでは行かないまでも、空振《からぶ》りは免《まぬが》れ、どうにか塁《るい》に出た……って感じかな。


個展が終わって一段落ついたから、俺はようやく新作絵本執筆の続きに取りかかった。

冬の間に下絵のOKはもらってある。あとはこれに色をつけていくだけ。

ゆめの先生のやり方を真似《まね》て、原稿のコピーに彩色《さいしょく》し、担当さんのアドバイスに従って手直しを加え——ようやく完成した原稿は、自分でも納得のいく会心《かいしん》のでき映《ば》え。本になるのがとっても楽しみだ♪

浮かれてみんなに宣伝しまくった。

「二作目は七月発売だから、本屋さんで見かけたらよろしくね♪」

両親も姉ちゃんも、平井さんたちも金成さんも、みーくんと同じ幼稚園に通うママさんたちも、みんな「楽しみにしてる」って言ってくれたんだ。

そんなある日、一本の電話がかかってきた。

『私、キッズブックスの岩森と申しますが、松村先生でいらっしゃいますか？』

「はい」

受話器を通して伝わってくる、いつもと違う緊張感。

なんだろう？　胸騒《むなさわ》ぎがする。

『実は……大変残念なことになってしまいました。先日いただいた原稿、出版できなくなったんです』

「どういうことですか⁉　いったいどうして……」

『決して松村先生の本が売れない……というわけではないんですよ。間の悪いことに、当社が手がけていた他の事業が立ちいかなくなりまして。利益の薄い子供向けレーベルを畳《たた》むことになったんです。これから先生を売り出そうとしていた時に、力が及《およ》ばず、申し訳ありませんでした』

（……そんな……）

ショックだった。どうしていいかわからない。

いつの間にか電話は切れていた。

(悪い夢でも見ているみたいだ……)

受賞の知らせをもらったときも、ふわふわして現実感がなかったけれど、夢破れた今も、妙《みょう》に現実感がない。

「俺の本が出るの、みんな楽しみにしてくれていたのに……」

二冊目の発売を報《しら》せたときの、両親や姉ちゃんの喜ぶ声が脳裏に甦《よみがえ》る。

『やったわね、功一。お母さん、応援するわ』

『お前なら、すぐに有名な人気作家になれるとも!』

『またしっかり宣伝するからね! 頑張れ、功ちゃん!』

それから、平井さんたちや金成さん、幼稚園やご近所の知り合いの顔が次々と浮かんでは消え。

最後に、明彦さんとみーくんの笑顔が浮かんできた。

『きっと大勢の子供たちが、功一くんの絵本を読んで、何かを感じ取ってくれるよ。このお話を読んで、僕が思わず涙を誘われたように……』

『みーくね、このごほん、めぐみちゃんにプレゼントしたいの。めぐみちゃんに、かみさまもないてたこと、おしえてあげたいから』

「ごめんね、みーくん。めぐみちゃんに、絵本あげられなくなっちゃった……」

みんなになんて言えばいいんだろう。

言えない。

二冊目の絵本はもう出ないなんて、俺には言えないよ……。


「功一くん、今日、何かあったのかい？　元気がないようだけど……」

帰宅した明彦さんの第一声がこれだった。

みーくんにも、似たようなことを言われた。

俺って、そんなに顔に出る性質《たち》だったのか。

「なんでもありません」

明彦さんは納得してないようだったけど、ムリに聞き出そうとはしない。

正直なところ、彼がそういう人で助かった。まだ自分の気持ちも整理できていないのに、根掘り葉掘り聞かれたら、傷口に塩を塗られるようなものだ。

ましてやそれで『可哀想に』と同情されたら、必死で踏ん張《ふんば》って自分を宥《なだ》めてるのに、子供みたいにわんわん泣きたくなっちゃうよ。

泣いてどうにかなるわけでもないのに。

泣き喚《わめ》いて、『神様ひどいよ』って文句を言いそう。

こんなことになるくらいなら、最初から夢なんて見せないで欲しかった。

そんなふうに、チャンスをくれた神様や、一緒に喜んでくれたみんなを裏切るような言葉を言いたくない。

言いたくないのに、つい言ってしまいそうだから、今はそっとしておいて欲しい。

だけど俺は、ずっと一人で歯を食《く》いしばって耐えられるほど強くないんだ。

本当は、大きな温かい胸に縋《すが》って泣きたいよ……。

明彦さんは、それをよく解ってくれているようだ。

みーくんが寝てしまうと、ソファーに腰を落ち着けて、穏《おだ》やかな声で俺を呼ぶ。

「功一くん、ちょっとマッサージしてあげるから、ここへおいで」

促《うなが》されるまま前に座ると、明彦さんは黙々《もくもく》と、丁寧にマッサージしてくれる。

体だけじゃなく、今日溜め込んだストレスで張り詰めた心まで、少しずつ揉《も》み解《ほぐ》されていくようだ。

「はい、おしまい」

明彦さんはそう言って、後ろから俺をギュッと抱きしめる。

「少しは体が軽くなっただろう？　きっと明日は心も少し軽くなって、今日より元気になってるよ。何があったか知らないけど、いつでも僕が、こうして君の背中を支えてる。一人で立っているのがつらくなったら、力を抜いて、寄りかかっていいんだからね」

「明彦さん……！」

それを聞いた途端、俺はもうたまらなくなって、彼の胸に縋りついていた。

「俺……、俺……ずっと我慢してたけど、ホントは泣きたかったんだ……！」

「泣いていいんだよ。涙が悲しみを洗い流してくれることもある」

「俺のことを応援してくれてたみんなに、なんて言ったらいいのか判らなくて……」

「ありのままを話せばいい。その人が本気で君を応援してくれているなら、何があっても君を信じて、見守っていてくれるから」

そう言われて、ふと気づいた。俺は応援してくれている人たちの、あたたかい真心を信じていなかったのかもしれない。

みんなをガッカリさせるのが怖かった。

怖いという気持ちの中には、大賞を取ってデビューしたのに、あっという間にコケた不運を、『まぐれ当たりのラッキーだったんだ』とか、『やっぱりその程度だったんだな』といって、バカにされるかも……なんて疑念もあったかもしれない。

自分の心を投影《とうえい》した被害妄想《もうそう》に怯《おび》えていたら、本当にみんなに愛想を尽かされちゃうよ。虚栄心《きょえいしん》なんか捨てて、裸の心と向き合えば、真実が見えてくる。

俺がどんなに弱音を吐いても、明彦さんは絶対に俺を見捨てはしない。

「……俺の二作目の絵本、出版してもらえなくなっちゃったんだ。子供向けのレーベルを畳むことになったんだって」

明彦さんは慰《なぐさ》めるように俺の背中を撫でながら、静かな声で言う。

「それは……残念だったね」

「本が出るの、楽しみにしてたんだ」

「うん」

「いい作品にしたくて頑張ったんだよ。たくさんの人に読んでもらいたかった……」

「うん。うん。そうだね」

穏やかで静かな肯定の声が、優しく肩や髪を撫でてくれる手が、不思議と俺の昂《たか》ぶる気持ちを静めてくれた。

きっと明彦さんは、俺なんかよりつらい思いを、何度も何度も味わってきたんだろう。

だからこんなとき、どうすれば俺がまた元気になれるか解っちゃうんだろうな。

（大丈夫。きっと明日は今日より元気になってる）

いつもこうして支えてくれるあなたがいるから、俺はすぐに立ち直って、ニコニコ笑っていられるんだよ。

◇　◆　◇

それからしばらくして、出版社から郵便物が届いた。

封筒の中に入っていたのは、一通の手紙。

「これは……」

読者さんからのファンレターだ。

手紙はすでに封《ふう》を切られている。原稿を描くのは俺だけど、絵本を売るのは出版社。出版にあたっての方向性は、編集部と作家が相談して決めるため、ファンレターは編集部で目を通してから、作家に転送されるんだ。

俺はその手紙を読んでみることにした。

まつむらこういち先生

先日出版された先生の本を読ませていただき、
娘に代わってペンを取りました。
先生の本が発売される少し前、
我が家でも、愛犬が天に召《め》されたのです。
娘はあのおじいさんのように、
毎日泣き暮らしておりました。

そんなとき、私は先生の本に巡り会い、
祈るような気持ちで娘に買い与えたのです。
本を読んで、娘は声を上げて泣きました。
「ララちゃんごめんね、ごめんね」って。
愛犬の死を悲しむのではなく、
いつまでも悲しむことで、

死んだ魂《たましい》を迷わせたことを悔《く》やんで、
涙と決別するために泣いたのです。

まつむら先生、
本当に、ありがとうございました。
娘が悲しみを乗り越え、
つらい現実を受け入れる勇気を持てたのは、
この本に巡り会えたからです。
先生の本は、娘にとってタロであり、
おじいさんを現実に引き戻した子犬であり、
タロの魂を救ったおばあさんでもありました。
先生は、親である私たちが
上手く教えてやれなかったことを、
娘に教えてくれたのです。
愛する者を失ったときに残るのは、
悲しみだけではないのだと。

たとえ形を失っても、想いはずっと胸の中に、
いつまでも残るのだということを。

どうかこれからも、
子供たちに愛を伝える絵本を描き続けてください。
先生の次の作品に巡り会える日を、
娘ともども、心から楽しみにしております。

読んでいるうちに涙が出てきた。

これが知り合いの言葉だったら、今の俺には慰めのように聞こえたかもしれない。

でも、見たこともない読者さんの手紙だから、素直に心に染《し》み込んでくる。

(俺のほうこそ、この手紙に救われた。もう一度立ち上がる勇気をもらったよ……)

何があっても、一生絵本を描き続けよう。

一度や二度の挫折《ざせつ》に負けるもんか。

今度いつ絵本を出版してもらえるか判らないけど、本当に俺を応援してくれる人たちは、

きっといつまででも待ってくれる。

手紙の余韻《よいん》を噛みしめながら、しっかりと決意を固めたとき。

不意に電話が鳴り出した。

『私、キッズブックス編集部におりました、岩森と申します。松村先生でいらっしゃいますか?』

「はい……」

子供向けレーベルはなくなったのに、いったいどうしたんだろう?

『実は私、先日退職しまして。今、新たに絵本レーベルを立ち上げるため、奔走《ほんそう》しているところなのです。その件で、先生に折り入ってお願いがあるのですが。第一回目の配本に、先生の【神さまのなみだ】を使わせていただけませんでしょうか?』

「え……ええっ⁉」

『先日転送した先生宛のファンレター、届いていますか?』

「はい。今、目を通したところです」

担当さんは、穏《おだ》やかな口調で熱い想いを語り始めた。

『あの手紙、安易《あんい》な方向に流されようとした私の横っ面《つら》を、思いっきり張り倒してくれましたよ。私が編集者になったのは、子供たちに温かい愛と夢を与える絵本を作りたかったからです。なのにあっさり夢を捨て、上から言われるままに子供向けレーベルを畳み、未《み》練《れん》を引きずりながらも、アダルト向け出版物の製作に回ろうとしたんです。こんな気持ちで新しい仕事をしても、うまくいくはずがありません。それくらいなら、いっそ先生の作品と心中する覚悟で、会社を辞めて独立したほうがずっといい！』

ここにも一人、あの手紙に、もう一度立ち上がる勇気をもらった人がいたんだね。

『正直なところ、うまくいくかどうか判りません。以前のような派手な売り出し方はできませんし、発行部数もうんと少ないです。今の私にあるのは、先生の絵本を、一人でも多くの子供に読んで欲しいという情熱だけ。伸《の》るか反《そ》るかは賭けみたいなものですが。それをご承知の上で、ついてきていただけませんか？』

まるでプロポーズみたいだな……と思った。

こんなふうに、俺の作品を愛してくれる編集さんと巡り会えるなんて――俺はなんて幸せ者だろう。

「ようやく絵本作家として歩き始めたばかりの俺に、そこまで言ってくださってありがとうございます。俺の絵本を出版するなら、ぜひ、岩森さんにお願いしたいと思います」

『ありがとうございます！　これからも二人で一緒に頑張りましょう！』

「はい。よろしくお願いします！」

温かいものが泉のように胸にあふれて、電話が切れても、俺はボーっと感激に浸《ひた》っていた。

出版中止の報《しら》せを聞いて、落ち込んでいたあの日。俺を励《はげ》ましてくれた明彦さんの言葉が、心の中で何度もリフレインする。

『その人が本気で君を応援してくれているなら、何があっても君を信じて、見守っていてくれるから』

本当に、その通りだったね。

一度はお蔵入《くらい》りすると決まった作品が、俺の絵本を愛してくれる読者さんの声と、俺の作品に賭けてくれた編集さんに支えられ、もう一度チャンスをつかんだんだ。ビッグチャンスを運んでくれた神様は、まだ俺を見放したわけじゃない。

自分に才能があるのか――なんて、今も俺にはよく判らないけど。こんな俺を信じて、支えてくれる人たちがいるから頑張れる。

頑張って、少しでもいい作品を描いていきたいと思う。

それが、俺にできる唯一《ゆいいつ》の恩返し。

読者さんや編集さんが俺に望んでいるのは、ただそれだけなんだもんね。

「ただいま、功一くん。あれ？　何かいいことがあったのかい？」

帰宅した明彦さんの第一声がこれ。

「やっぱり解ります？　実は、初めてのファンレターをもらったんですぅ～♡　じゃんッ♪」

俺は明彦さんに、もらった手紙を見せた。

「二作目が発売中止になって、正直なところ、『もう二度と俺の本が出版されることはないんじゃないか』って思ってました。でも、この手紙をもらって、一度や二度の挫折でメゲてちゃダメだって勇気づけられたんです。俺の絵本を愛してくれる人が一人でもいてくれるなら、俺は一生かけて、描きたいと思うものを形にしていきます」

「そうだね。ファンの好意は、見返りを望まない無償《むしよう》の愛だ。だからこそ、大事にしていかなければいけないよ。君のやる気が、ファンの気持ちに応《こた》える、たった一つの方法なんだから……」

「ええ。たった一人のファンの声が、とても大きな力になるっていうことを、俺は今日、初めて知りました。この手紙が、担当の岩森さんの心を動かしたんです。岩森さんは独立して、また絵本を作るそうです。新しいレーベルの第一回配本を、俺の【神さまのなみだ】

にしたいと言われました。あの作品を、出版してもらえるんです！」

「やったね、功一くん！」

「ええ。嬉しいです。すごく、すごく嬉しいです！」

絵本を出版してもらえなくても、ウェブ絵本として発表すれば、大勢の人に読んでもらえる。

でも、ウェブ絵本だと、パソコンを持っていない人は読めないし。できることなら、俺は自分の絵本を、小さな子供たちに読んで欲しいんだ。

俺の絵本を読みながら、子供たちが言葉を覚え、字を覚え、他人の心を思いやる優しさを学んでくれたなら、これほど嬉しいことはない。

「こーぃちくん、なにが『やった』なの？」

大人の事情を知らないみーくんが、不思議そうに小首を傾《かし》げて問いかけてくる。

「大きな賞をもらうより、ずっとずっと嬉しいことがあったんだ。みーくんがもう少し大きくなったら話すから。そのときは、みーくんも一緒に、神様と、この手紙をくれた人に『ありがとう』を言って。俺の望みを叶《かな》えてくれて、ありがとうって……」

「みーく、いまでも『ありがとう』いえるよ。かみさま、おてがみくれたひと、どうもありがとーございました！」

　みーくんはそう言って、手紙に向かって拍手《かしわで》を打ち、お辞儀《じぎ》をしながらナムナムと拝《おが》んだ。

「ね？　ちゃんと『ありがとう』いえるでしょう？」

「うん。えらいね、みーくん」

　俺も手紙の主に、心の中で手を合わせた。

（もう一度チャンスをくれてありがとう。俺、頑張ります。あなたの期待に応えるために……！）

エピローグ

俺の二作目の絵本が出版されたのは、当初の予定より三カ月ほど遅い、十月半ばのことだった。

新しいレーベルの名前は【ゆめいろ絵本】。

第一回配本は、俺の【神さまのなみだ】と、月宮《つきみや》うさぎ先生の【キライ、キライ、でもスキ】。

書店に並ぶより一足早く、著者には見本誌が送られてくる。

俺は届いたばかりの著者贈呈本の中から、両親と詩織姉ちゃんにあげる絵本にサインして、実家の美容院宛に宅配便でまとめて送った。

すると翌日、お店が終わったくらいの時間に、詩織姉ちゃんから電話がかかってきたんだ。

『功ちゃん。【神さまのなみだ】、すごくよかったよ。功ちゃんらしい、あったかい本だった。アタシ、読んでて思わず泣いちゃったわ』

『つばさもないちゃった！』

『かけるもないたの。かみさまも、おかあさんもかわいそうだったけど、みんなしあわせになれてよかった』

利発《りはつ》な翼《つばさ》も、いつもは口数の少ないおとなしい翔《かける》も、それぞれに、感じたものがあったみたい。

今年小学生になった双生児《ふたご》が、つい最近あった運動会の報告をしてくれたあと、母さんが電話に出て、二冊目の出版をともに喜んでくれた。

『いろいろあったみたいだけど、二冊目の本が出てよかったわね。母さん、難しいことはよく解らないけど、功一が描く絵本、好きよ。功一の絵本には、人の心を動かす力があるんだもの。何があってもきっと大丈夫。信じた道を、まっすぐ歩いていきなさい』

父さんも、力強く俺を励《はげ》ましてくれた。

『長い人生、いろんなことがあるさ。今までだって、功一は何度も試練《しれん》を乗り越えてきた。お前を勘当《かんどう》したワシや、母さんの頑《かたく》なな心を解かして、心の絆《きずな》を結び直してきたじゃないか。そんなお前だからこそ、いろんな想いを形にして、大勢の人を感動させることができるはずだ。ワシらはそれを信じとる。頑張れ、功一！』

少し前なら気恥ずかしく感じただろう声援《せいえん》を、今の俺は、素直にありがたいと思って聞ける。

「うん、頑張るよ。三冊目の本は、十二月に出るんだ」

十一月の第二回配本は、ゆめのはるか先生の【虹の橋をわたろう】と、同期の金賞作家・あいかわえみ先生の【ぼく、なかないもんっ！】だと告知《こくち》されていた。

そして第三回配本に、俺の【とっておきのプレゼント】が予定されている。

巡《めぐ》り巡って、最後に再び、受話器が詩織姉ちゃんの手に渡った。

『今度来たとき、また絵本にサインしてちょうだい。もうデビュー作のときみたいに、みんなで別々に大量のサインを頼んだりしないから。あのときは、知らなかったとはいえ、大変な思いさせてゴメンね』

「そんなの気にしなくていいって。むしろみんなで百冊近く俺の本を売ってくれて、感謝してる。これからもしっかり宣伝して、俺がずっと絵本作家でいられるように応援してよ」

『もちろんだわ。アタシたちみんな、デビュー前から功ちゃんのファンなんだから』

それを聞いて、俺の心にまた、温かい想いがこみ上げてくる。

さあ、新しい物語を作ろう。

電話を切って、俺はパソコンを立ち上げた。
四冊目の原稿も、すでに依頼されている。
プロットの締切《しめきり》はもうすぐだ。
今度はどんなお話にしようか？

そのときふと、不運に見舞われた俺の未来を、明るく照らしてくれたファンレターの、
最後のフレーズが甦《よみがえ》ってきた。

どうかこれからも、
子供たちに愛を伝える絵本を描き続けてください。
先生の次の作品に巡り会える日を、
娘ともども、心から楽しみにしております。

ありがとう、見知らぬあなた。
俺はあなたのために。

あなたのお嬢さんのために。

そして、名前も知らないたくさんの子供たちのために、精いっぱい頑張って、いい絵本を作っていきます。

どうかいつまでも、俺を見守っていてください。虹色に光る涙を流した、絵本の中の神さまのように――。

おしまい

みーくんの幼稚園日記 4

旦那さんシリーズ番外編

◇◆　こいのぼり製作　◆◇

こどもの日が近づいてきました。

「今日は、みんなで『こいのぼり』を作りまぁ～す♪」

去年作ったこいのぼりは、画用紙を魚の形に切り取り、クレヨンで目や鱗《うろこ》を描いて、割り箸《ばし》に貼りつけて作りましたが——今年はちょっと違うようです。

みどり先生は、教室の床にビニールシートや新聞紙を敷き詰め、その上に、大きくて長ぁ～い画用紙を並べました。

画用紙は微妙に大きさが違います。大きい順に、灰色、ピンク、水色、黄色、黄緑色の五色です。

「こんなふうに、てのひらに絵の具をつけて、この画用紙に、ペッタンペッタン、みんなの手形《てがた》をスタンプしま～す」

みどり先生がお手本を見せてくれたので、子供たちも両手に絵の具をベッタリつけて、画用紙に手形をつけていきます。

灰色の紙には黒い絵の具。

ピンクの紙には赤い絵の具。

水色の紙には青い絵の具。

黄色い紙にはオレンジの絵の具。

黄緑色の紙には緑の絵の具。

紙の上に手形を重ねていくと、あ〜ら不思議。鱗が描けちゃいました。

「なんか〜、あたりまえすぎて、つまんないよな〜」

突然ツヨシくんがそう言って、緑の鯉《こい》に赤い絵の具を散らします。

「ほ〜ら、ちしぶき〜！」

確かに、見ようによっては緑の鯉が血しぶきを上げているみたい……。

「ひど〜い！」

「みどりのこいさんが、しんじゃうよぉ〜！」

女の子たちが泣き出して、教室内は大パニック！

みどり先生も内心パニック！

（きゃ〜ッ！　もうっっ！　ツヨシくんったら、なんてことしてくれるのよ〜ッ！）

「ダメでしょう、ツヨシくん」

あまりの悪ガキぶりに腹は立つけど、教育者として、ここでキレるわけにはいきません。

とにかく、泣いている子供たちを宥《なだ》めなければ。

「ほらほら、あなたたちも。もう泣かないの。緑の画用紙はまだあるから、作りなおせばいいの……」

「いや～っ！　みどりせんせい、ひど～い！　こいさんがケガしちゃったから、すてるのねぇぇ～！」

「ほんとにしんじゃう～！　みどりせんせいが、わたしたちのこいさん、ころしたぁ～！うわぁ～ん！」

（ちょっと待って！　どうしてそこで私のせいになるのよッ!?　そもそも、画用紙の鯉が死ぬわけないいじゃない！）

でも、ものの道理《どうり》が解らない幼稚園児に、常識は通用しません。

ほとほと困り果《は》てていると、みーくんが、ニッコリ天使の笑顔で言います。

「だいじょうぶ。こいさん、しなないよ。けがもしてない。あかいのは、おかあさんのいろだもん。おかあさんに　にたから、みどりのうろこに、あかいうろこが　まざってるの」

そうして、赤い絵の具のついた手で、ペッタンペッタン、血しぶきの上に手形をスタンプしていきます。

ついでにオレンジもペッタンペッタン。

緑の絵の具もペッタンペッタン。

いろんな色をかぶせてスタンプしたら、斑《まだら》の鯉のできあがり。

「すごーい、みーくん！」

女の子たちは口々にみーくんを褒《ほ》め称《たた》えます。

みどり先生もホッとしました。

でも、ツヨシくんはおもしろくありません。

（くそー、よけいなことしやがって〜！）

いっそこいのぼりを破《やぶ》ってやろうかとも思いましたが。

「ツヨシくんも、ホントはこうしたかったんだよね？　こどもはぜったい、おとうさんとおかあさんに、にてるはずだもん」

ニッコリ笑ってそんなふうに言われると、反論《はんろん》しづらいものがあります。

たとえ本当は違っていても、違うと言えば、ますます自分が悪者になって、損をするのは確実。

生存競争の激しい家庭で育っているので、ツヨシくんもそこまでバカではありません。

「う……ま、まあな」

そばで見ていたみどり先生、思わず関心。

(やるわね、みーくん……)

泣いて同情を煽《あお》ることで対抗していた一年前とは違います。

だってもう、年中《ねんちゅう》組のお兄ちゃんだもんね。

◇◆　春の遠足　◆◇

今日は楽しい春の遠足。みんなで公園に行きました。

広〜い芝生《しばふ》の広場にシートを敷いて、お母さん手作りのお弁当を広げてピクニック。

今日は大好きなお母さんも一緒だから、子供たちはウキウキ。いつもより笑顔が輝いています。

「こーぃちくん、おべんと、なに？」

「うふふ。おにぎりだよ」

ラップに包んだ、ピンクと黄色の、グリンピースを一粒添えた小さな可愛い丸おにぎり。

「これはね、牛肉そぼろの入ったおにぎりを、いり卵で包んだの。こっちは、おかかの入ったおにぎりを、生タラコで包んだの」

「きれーい！　こっちのは？」

バスケットの中には、十字の星ができるように四角い海苔《のり》を巻いて、星の真ん中にタクアン・福神漬《ふくじんづ》け・グリンピースなどで目を入れた、色とりどりの丸おにぎりが三種類あります。

「タクアンがサーモンライス。福神漬けはドライカレー。グリンピースはチキンライスだよ」

おにぎりだけでも豪華版だけど、チューリップにした鶏肉のケチャップ煮や、春の野菜を使った、子供が喜びそうな盛りつけのサラダがいっぱい！

すぐ近くに陣取《じんど》っているお友だちのお弁当をチラッ、チラッと横目で見て、みーくん大満足。

（やっぱり、こーぃちくんのおべんとうが、いちばんおいしそう♡）

鼻高々で辺りを見回しているうち、みどり先生のそばで、一人しょんぼりしているマサトくんに気づきました。

マサトくんのお母さんは来ていません。

お弁当も、コンビニで買ったみたいです。

いったいどうしたんでしょう？

「こーぃちくん、ちょっとまってて」

淋《さび》しそうなマサトくんが気になって、みーくんは声をかけずにいられませんでした。

「げんきないね、マサトくん。きょう、ママこれなかったの？」

「うん。ママ、あかちゃんうまれるから、びょういんにいるの」

「こっちおいでよ。こーぃちくんが、おべんとういっぱいつくってきてくれたから、いっしょにたべよう。こーぃちくんのごはん、すごくおいしいよ」

マサトくんは戸惑《とまど》っています。

「みどりせんせいもきて。ほら、こっちこっち」

みーくんは、先生ともども、マサトくんを強引《ごういん》に引っ張ってきて、仲間に入れてあげました。

「すきなのたべていいよ。どれがいい？」

功一くんのお弁当を見て、みどり先生、思わずため息。

「まあ……きれい！」

おにぎりもさることながら、おかずもすごい！

お弁当箱は、まるでおもちゃ箱のよう。お肉・シーフード・卵・野菜・果物などが、ファンシーなぬいぐるみやお人形のように、ビックリするほど上手にデコレーションされているんです。

「すごい！　こんなお弁当、初めて見たわ！」

みどり先生が絶賛する声を聞いて、お母さんたちも、わらわらと子供をつれて覗《のぞ》きに来ました。

「まあ！　ほんとにすごい！」

「おいしそう！　食べてみた～い！」

ぼくも、わたしもと言う声があちこちで上がります。

でも、マサトくんとみどり先生だけならともかく、全員に分けられるほどの量はありません。

（しまった！　わたしったら、つい余計なこと言っちゃった……）

みどり先生、タラ～リ冷や汗。

功一くんも、周りの反応に圧倒されていましたが、困惑しつつ言いました。

「よかったら、あとでレシピをお教えしますよ」

するとマイちゃんママ、威張《いば》って言います。

「レシピなんて渡されても、こんな職人技、マネできるわけないじゃない」

マイちゃんパパが言うには、マイちゃんママの料理の腕は壊滅的《かいめつてき》。それじゃ確かにムリでしょう。

他のママさんたちも、マイちゃんママに同調します。

「そうねぇ……。実際に目の前でやって見せてもらわなきゃ、とてもじゃないけど、どうやって作るのか見当もつかないわ」

そこでみどり先生、名案を思いつきました。

「そうだわ！　今度幼稚園で教えてください。親子でお弁当作りにチャレンジするなんて、楽しそうじゃないですか」

この場を収《おさ》めるには、それが一番よさそうです。

功一くん、ニッコリ笑顔で言いました。

「解りました。作り方をお教えします」

◇◆ おにぎりを作ろう ◆◇

今日はお母さんと一緒に、幼稚園で、功一くん特製おにぎりを作る日です。

用意するものは、スプーンと、お茶碗《ちゃわん》二つとラップ。もし可能なら、カセットコンロと、フライパンなどの調理器具も持って来るようお願いしています。

「炒《いた》めご飯——特にドライカレーは、半日くらい置いたほうが、味がなじんで美味《おい》しくなるので、最初に作っておきましょう。前の晩に作って、冷蔵庫に入れておいたものを、レンジでチンして食べても美味《おい》しいですよ」

功一くんの指示に従い、みんなで協力して、三種類の炒《いた》めご飯を作りました。

「炒めご飯ができたら、お茶碗にラップを載せ、お茶碗の大きさにもよりますが、ご飯を半膳か六分目。子供用の小さいお茶碗なら八分目くらいよそって、丸めておにぎりにします。おにぎりが作れたら、別のお茶碗にもラップを敷いて、八ツ切の四角い海苔《のり》を敷いて、ラップを外《はず》したさっきのおにぎりを載せ、十字型の隙間ができるよう、海苔の四隅がくる位置を調節しながら丸めます。重なる部分の襞《ひだ》を畳《たた》むようにすると、きれいにできますよ」

　功一くんは簡単そうにやってみせるけど、これが結構難しくて、ぶきっちょママも子供たちも悪戦苦闘《あくせんくとう》！

「いやーん、曲がっちゃうー！　ちゃんと十字型の隙間になってくれないよ～！」

「あっ！　海苔が破れちゃった！」

　とかいいながら苦笑い。

　でも、少々不恰好《ぶかっこう》でも、美味しければいいんです。

「最後に、ドライカレーは福神漬け、サーモンライスは刻《きざ》んだタクアン、ケチャップ和《あ》えのチキンライスはグリンピースを、彩《いろど》りよく真ん中に載せて、新しいラップで包みなおします」

　三種類の『炒めご飯おにぎり』ができたら、次は『いり卵おにぎり』に入れる具です。

「牛肉そぼろは冷凍保存もできますし、少し多めに作り置きしておくと、ご飯のおかずを一品ふやせて便利ですよ。もちろん、前の晩に作ったそぼろの残りを、翌日お弁当用おにぎりにしてもＯＫ」

　そぼろができたら、いよいよいり卵。

「いり卵は、あったかいうちに使わないと、うまく握れなくなるので、最後に加熱調理します。卵一個がおにぎり二個分です」

功一くんは、溶《と》き卵を作ってフライパンを火にかけ、まずみんなにお手本を見せてくれます。

「デコレーション用のいり卵を作るコツは、ふわっと仕上げるために、手早くかき混ぜ続けること。固くなるまで火にかけないこと。少しとろみが残っているくらいで火からおろすと、余熱でちょうどいい固さになります。火にかけすぎてパサパサになると、食べるときポロポロ崩《くず》れちゃうから気をつけて」

お料理が得意なママさんも、苦手なママさんも、子供たちの美味しい笑顔を見るために奮闘《ふんとう》しています。

「できあがったら、お茶碗にラップを載せ、真ん中にグリンピースを一粒置いて、おにぎり一個分の緩《ゆる》めのいり卵を敷き詰めます。その上に、卵を合わせてさっきと同じ分量になるよう、少なめにご飯を載せ、窪《くぼ》みを作って牛肉そぼろをちょっぴり詰め込み、そぼろを埋めた穴を塞《ふさ》ぐように、ギュッとラップで絞《しぼ》って、卵が万遍《まんべん》なくご飯を覆《おお》うように握ります。これでできあがり」

功一くんは手早くパパッと握っちゃうけど、不器用なママさんや子供たちは、やっぱり四苦八苦《しくはっく》。

Fresh
Fresh

だけど、母子《おやこ》で協力しながら作っていくから、みんなとっても楽しそう。

「次は、タラコおにぎりです。タラコはスプーンで皮から身だけを取って使います」

功一くんは、またお茶碗にラップを敷いて、真ん中にグリンピースをちょこん。その周りに小ぶりのタラコを半身くらい乗せ、スプーンで平らにしました。

「いり卵みたいにボリュームがないので、ご飯は炒めご飯おにぎりと同じくらいがいいでしょう。中の具は、しょうゆで味付けしたおかかです。同じように具を詰めて、ラップで握ります。タラコが万遍なくご飯を覆うように、真ん中から外へ向けて、タラコを絞り出すように握るときれいにできますよ」

こうして、グリンピースを一粒載せた、黄色とピンクのお花みたいな可愛いおにぎりができました。


「いただきまーす！」

ママやお友だちと一緒に食べるおにぎりは、とっても美味しいね。

お腹《なか》ぽんぽん。みんな幸せそうに笑っています。

みーくんも幸せ。

（やっぱり、こーぃちくんは、みんなの『らっきーえんぜる』なんだ……）

◇◆敬老《けいろう》の日◆◇

もうすぐ敬老の日です。

「今日は老人ホームへ行って、おじいちゃん、おばあちゃんと一緒に遊びましょう」

たんぽぽ組一行《いっこう》は、みどり先生に引率《いんそつ》されて、ご近所にある老人ホームにやってきました。

「おじいちゃん、おばあちゃん、こんにちは」

元気よくご挨拶して、老人たちと、いろんな『童唄《わらべうた》』を使ったお遊びを始めたのですが……。

政吉《まさきち》さんというおじいちゃんが、突然とんでもないことを言い出しました。

「この『ずいずいずっころばし』という歌はな、むかーし、殿様に仕《つか》えていた小僧《こぞう》が、ウッカリ茶碗を落として割ったため、井戸に身投げさせられた……という歌なんじゃ」

でも、園児たちにはぼんやりとしか理解できません。

れます。

「みなげってなに？」

みーくんの問いに、政吉じいさん、身振り手振りを交えて、詳し～く状況を説明してくれた。

「投身自殺《とうしんじさつ》――要するに、井戸に飛び込んで死んだんじゃ。ガッチャーン！　お茶碗が割れた！『お赦《ゆる》しください、お殿様！』『ええい、ならん！　家宝の茶碗を割ったのだ！　その命で償《つぐな》えぃ！』お殿様は家来《けらい》に命じて小僧の手足を縛《しば》り上げ、足に重石《おもし》を括《くく》りつけ、『さあ飛び込め』と無情に迫《せま》る。小僧は泣く泣く、井戸の中へ身を躍《おど》らせた！　ドッポーン！」

ひぃぃ……！　そんな歌を歌いながら、笑っていたのか僕たちは……。

園児たち、恐ろしさのあまり顔面蒼白《そうはく》。

見かねておばあちゃんが言いました。

「ちょっと政吉さん、子供をからかうのはおよしなさいよ。『ずいずいずっころばし』はね、ゴマ味噌和《みそあ》えを盗み食《ぐ》いしたネズミを茶壺《ちゃつぼ》に追い込んだけど、いつの間にか抜け出して、今度は米俵《こめだわら》を破ってお米を盗み食いした。いくら追い払ってもキリがない。ネズミとバタバタ追いかけっこしているうちに、洗うつもりで井戸端《いどばた》に置いていたお茶碗まで、いつの間にか割れていた――と歌っているのよ」

　すると今度は別のおばあちゃんが言いました。

「あらキクさん。私はこう教わったわよ。昔、『将軍御用達《ごようたし》の宇治《うじ》茶を運ぶ、宇治から江戸に向かうお茶壺道中《ちゃつぼどうちゅう》の一行《いっこう》が、威張《いば》りくさって町の人たちを困らせるから、通り過ぎるまで隠れていましょう』って歌ってるんですって」

　すると政吉じいさん、頷《うなず》きながら同調します。

「そういう説もあるらしいのぅ。うっかり大名行列の前を横切るだけで、スパーンと首を刎《は》ねられてしまうから、行列が通り過ぎるまで、子供が外へ出ないよう、言い聞かせるための唄じゃったそうな」

　ひいい……！　それもコワすぎ……！

　園児たち、もう涙目。

　なのに追い討《う》ちをかけるように、政吉じいさんは、おどろおどろしい声でこう続けます。

「そうそう、『かごめかごめ』の唄の意味は知っておるかな？　あれはな、お母さんのお腹《なか》の中で、コウノトリが運んできた赤ちゃんが、生まれる前に死んでしまった……という唄なんじゃよ」

　するとタエさん、ビックリ顔で聞きました。

「ええっ!?　あれは『籠の中に封じていた鬼が出てきて、後ろにいた人間に取って代わる』

ってこういう歌じゃなかったの？」

「ああ……そういえば籠目《かごめ》というのは、魔除《まよ》けの六芒星《ろくぼうせい》を意味しているとも言われておるなぁ……。天地を統《す》べる神々の交代や、『日食・月食を意味する唄』だという説もあるし。『飢饉《ききん》のとき、子供を間引《まび》きした唄』だとも言われておる。間引きというのはな、食べるものがなくて、このままでは全員飢《う》え死《じ》にしてしまうから、お父さんやお母さんが子供を殺して、一人が食べられるご飯の量を少しでも増やそうとすることじゃ。もしかしたら、殺した子供の肉を食べたかもしれんな」

ひぃぃいーッ！

園児たち、阿鼻叫喚《あびきょうかん》！

「いい加減にしてください！　子供たちが怯えてるじゃないですか！」

みどり先生も絶叫《ぜっきょう》。

「そうですよ、政吉さん。そもそもこの手の童唄は、暗号を歌にして伝達したもので、裏に隠されている意味は、表の歌詞とはまったく違うんです」

今度は学者ふうのおじいさんが、小難しい暗号解読を始めました。

大泣きしている子供たちを宥《なだ》めすかしながら、みどり先生は途方《とほう》に暮れて、心の中で叫びます。

（今日は老人ホームで、園児とお年寄りが仲良く遊ぶ予定だったのに、どうしてこうなっちゃうのよー!?　私、もしかして天中殺《てんちゅうさつ》なのっっ!?）

ご愁傷様《しゅうしょうさま》です……。

◇◆　秋のいも掘り遠足　◆◇

今日はみんなで電車に乗って、いも掘り遠足に行きました。

駅から畑まで歩いた道程《みちのり》は、緑の木々に囲まれて、とってものどか。

「はーい、みなさん。ここが今日、おいも掘りをする畑でぇ～す。畑に沿《そ》って、一列に並びましょう」

園児たちは、「はーい！」と元気にお返事。

先生たちのお手本通り、見様見真似《みようみまね》で、粘土質《ねんどしつ》の土を両手で掘り返していきます。

「キャーッ！」

突如響き渡る少女の悲鳴！

「どうしたの、アリサちゃん⁉」

みどり先生は、すわ何事かと、泣き叫ぶ少女のもとへすっ飛んで行きました！

「み……み、み、ミミズがぁ……ッ！」

それを聞いて、どっと脱力。こんなによく耕《たがや》された肥沃《ひよく》な畑だもの。ミミズくらい当然います。

「アリサちゃん。ミミズさんは怖くないのよ。畑に住んで、土を耕すお手伝いをしてくれているの」

「こわくなくてもゆるせない！　こんなみにくいものっ！　みにくいものっっ！」

青空の下で、アリサちゃん絶叫。

みーくんはちょっと、そこまで言われるミミズさんが可哀想になりました。

ミミズさんだって、好きでミミズに生まれたわけじゃないんです。生まれたときにはもうミミズだったから、ミミズとして生きていくしかないじゃない？

「そんなにミミズがキライなら、オレにまかせろ！」

アリサちゃんに気があるツヨシくんは、ここぞとばかりに張り切ります。

「ほーら、てんちゅう！」

ぶちり。

ミミズさんは、ツヨシくんに真っ二つに千切《ちぎ》られ、畑に捨てられました。

「きゃあああ……っ!!!」

アリサちゃん、今にも人事不省《じんじふせい》に陥《おちい》りそうです。

「いやーっっ！　はんぶんになっても、まだうごいてるーっ！　ひぃぃぃぃぃぃっ‼」

本当に、ツヨシくんったら、ろくなことをしません。

「ツヨシくんなんかキライ！　だいっキライよッ！　あっちいって！」

「なんだよー。アリサがキライだっていうから、ミミズにてんちゅうくだしてやったのに……」

ツヨシくん、おもしろくありません。アリサちゃんに『だいっキライ』なんて言われて、スネスネモードに入っちゃいました。

「くそー、ミミズなんて、ミミズなんて、こうしてやるーッ！」

叫びながら、突然局部をモロ出しにして放尿《ほうにょう》。

「きゃーっ！　ツヨシくん何やってるのっっ！　やめなさいッ！　ミミズにおしっこかけたら、おチンチンが腫《は》れちゃうんだからね！」

「へーん！　そんなのメイシンだーい！　まえにもオシッコひっかけたけど、チンチンはれたりしなかったぜぇ〜！」

「畑の持ち主に怒られるからやめなさい！」

みどり先生に首根っこをつかまれそうになり、ツヨシくんは放尿しながら畑を逃げ回ります。

「きゃーっ！　いやーっ！　きたなーい！」

「ツヨシくん、サイテー！」

これでは楽しい遠足が台無しです。みーくん、大好きな焼き芋を食べるのを楽しみにしていたのに……。

腹立ちのあまり叫んでいました。

「ツヨシくんのくされちんこ！　そんなことしてたら、おとなになってもチンチンおおきくならないよっ！」

え……っ!?

ツヨシくんも、みどり先生も、違う意味で硬直《こうちょく》。

「か……かんけーねーよ。おとなになれば、みんなおおきくなるもんだろ」

「おおきくなるとはかぎらないもん！　ちっちゃいのや、みじかいのや、かわかぶってるのは、はずかしいんだって、ケースケくんいってたもん！　もっとはずかしいのは、だいすきなひとをイカせるまえにイッちゃうことだっていってたもん！　わるいことばっかしてたら、だいじなときにやくにたたないチンチンになっちゃうよっ！」

「み……みーくん……」

みーくんのお説教（？）で、ツヨシくんはおとなしくなりましたが——みーくんが言ったことも、幼児としてはかなり問題アリです。
みどり先生、心の中でつぶやきました。
(今日のことは、連絡帳に書かなくっちゃ……)
また、功一くんが啓介《けいすけ》くんに雷《かみなり》を落としそうです。
くわばらくわばら……。

◇◆ 天使になれなかったの ◆◇

もうすぐクリスマス。園児たちは、クリスマス会で劇をやることになりました。

「あたし、てんしのやくがいい！　てんしじゃないと、やらないわ」

真っ先にアリサちゃんがそう言い、女の子たちは口々に、「わたしもてんしがいい」と名乗りを上げたのです。

ところが、天使の役は十二人と決まっています。みんな天使にしてあげたら、劇が成《な》り立ちません。

「じゃんけんで決めましょう」

みどり先生の提案に、女の子たちはドキドキしながら、じゃんけんぽん！

「かったぁ！　てんしよ！　かみさまもきっと、わたしがてんしをやったほうがいいっておもったのね。おーほほほほほほほ！」

アリサちゃんの高笑いを聞いて、負けた女の子たちはわんわん泣き出しました。

それでも、先生に宥《なだ》めすかされ、ほとんどの子が泣きやみました。ただ一人、めぐみちゃんだけが、いつまでもないています。

「どうせわたしは、かみさまにきらわれてるのよ。いつもそう。おようふくだって、おねえちゃんのおさがりばかり。おにんぎょうをかってもらっても、すぐいもうとにとられちゃう……。おかあさんは、うまれたばかりのおとうとが、いちばんかわいいの」

（めぐみちゃん、かわいそう……）

みーくんは、『めぐみちゃんを慰《なぐさ》めてあげたい』と思いましたが、主役をもらった自分が何を言っても、さらに泣かせるだけかもしれません。

どうしていいか見当もつかず、ただひたすら、めぐみちゃんを見守るばかり。

（みんながてんしだったら、よかったのに……。そうしたら、めぐみちゃんはなかずにすんだ。でも……『げき』をするためには、おじいさん、おばあさんのやくだって、うまのやくだって、ひつようなんだ。めぐみちゃんが、ずーっとないてたら、めぐみちゃんとおなじやくを、いっしょけんめいやろうとしている、あやちゃんがかなしいよね……）

齢《よわい》六《むっ》つにして、人生について、いろいろ考えてしまったみーくんでした。

おしまい

プレゼントしたい

1．初めての印税《いんぜい》で

俺――松村功一《まつむらこういち》は、今年の三月に絵本作家としてデビューした。

でも、デビューした絵本レーベル【キッズブックス】は、俺の二作目の絵本が出る前になくなってしまったんだ。

キッズブックスが休刊――すなわち、実質的な廃刊に追い込まれたのは、ほかの事業のトラブルが原因らしい。『出版社の経営が傾《かたむ》いたために、利益の薄い子供向けレーベルを畳《たた》むことになった』と説明を受けた。

でも、それがどんな理由であれ、『俺の二作目の絵本が、もう出版されない』という事実に変わりはない。

失意《しつい》の俺を救ってくれたのは、読者さんからの一通の手紙。

俺を応援してくれる読者さんの声が、担当編集者・岩森《いわもり》さんの心を動かしたんだ。

岩森さんは、今まで勤《つと》めていた出版社を辞《や》め、独立して新たな子供向けの絵本レーベルを立ち上げるという。その第一回配本に、俺の二作目の絵本、【神さまのなみだ】を使ってもらえることになった。

俺はこれからも、絵本作家として仕事ができる。

失意のどん底に突き落とされ、いろんな人に支えられて立ち直ったのは、梅雨時《つゆどき》の出来事だ。

デビュー作の印税を受け取ったのは、事件が起こる少し前。

大学入学から退学まで、実家からの仕送りを受け取るために作った俺の銀行口座には、今、デビュー作の賞金と印税が入っている。

印税の振込みがあった日、俺はみーくんが寝たあとで、リビングでこっそり通帳を広げて明彦《あきひこ》さんに見せた。

「見て！　印税が入ったの！　俺が自分で稼《かせ》いだお金だよ！」

賞をもらったことも嬉しかったけど、それは『よくやったね。これからも頑張《がんば》りなさい』っていう、オマケのご褒美《ほうび》みたいなもの。

でも印税は、俺の絵本につけられた対価《たいか》だ。俺の作品が実際に本になって書店に並び、報酬が支払われた。その喜びは、言葉では上手く表現できない。

実を言うと俺、アルバイトした経験すら、ろくにないんだ。

働いてお金を稼いだのは、せいぜい大学生のとき、みーくんの子守《こも》りと家事をして、明彦さんからお小遣《こづか》いをもらったくらいで。半年後には明彦さんの家族になって、現在も子育てと家事を続けているから、『アルバイトした』という気がしていない。

二十三歳にもなった男が、働いてお金を稼いだことがないなんて——ちょっとコンプレックスを感じたりもするわけで。俺としては、そういうメンタルな面も含めて感激してるわけ。

感動のあまり浮かれてはしゃいでいる俺を、明彦さんは微笑《ほほえ》ましげに見つめて言う。

「すごいじゃないか、功一くん。このお金は、君の才能と努力が実った結果だ。これからも精進《しょうじん》して、自分の才能を研鑽《けんさん》するために、大切に使いなさい」

彼の言う通り、自分を磨《みが》くために投資することも大切だと思うけど——。

「明彦さん。俺……絵本コンテストに応募したときから、お金の使い道を決めていたんです」

明彦さんは、『おや？』という顔をした。

「俺のデビュー作は、『愛犬タロを亡くして落ち込んでいた金成《かねなり》さんの悲しみを、少しでも癒《いや》してあげたい。何か俺にできることはないか』と精いっぱい考えて、真心込めて描いたものです。それを読んだ啓介《けいすけ》くんが、絵本コンテストに応募するよう勧《すす》めてくれて。明彦さんやみーくんや、俺の絵本を読んでくれた人たちが、俺がその気になるよう応援してくれたから――俺が絵本作家としてデビューするという奇跡が起こったんです」

　夢を抱《いだ》いて、初めの一歩を踏み出せたのは、みんなのおかげ。俺一人の力で賞を取れたとは思っていない。

「それに、俺の作品の基盤《きばん》になっている『真心』は、俺が二十三年生きて、経験して、感じた想いのすべてだから。俺を育ててくれた家族や、俺を支えてくれた人たちがいなかったら、あの作品は生まれなかったと思います。だから俺、ほんの少し、みんなにお礼がしたいんです。みんなが負担《ふたん》に思わない程度に、ほんの少し。今まであなたに頼っていた部分を、俺の賞金と印税から出させてください。たとえば、俺の両親や姉ちゃんに贈るプレゼントの代金とか……」

　明彦さんは困ったような、嬉しいような、複雑な表情で微笑んだ。

「君のご両親もお姉さんも、僕の家族だと思っている。僕がなんの心配もなく仕事に打ち込めるのは、君のサポートがあってこそだ。僕にできることはなんだってしてあげたい。でも……そうだね。君ももう、自立した大人の男だ。自分が稼いだお金の使い道は、自分で決めたらいい。君には君の考えがあるのに、偉《えら》そうなことを言って悪かった」

「そんな……。あなたは俺のことを心配してくれただけじゃないですか。嬉しいですよ。いつも親身になって考えてくれて……」

「当然だろう。僕は君を、心から愛しているんだよ」

「知ってます。俺が描いた物語が、幸せなラストを迎《むか》えたのは——大好きなお爺《じい》さんのために、自分を犠牲《ぎせい》にしたタロを救ってあげられたのは——俺自身が、あなたの存在によって、想いが報《むく》われる喜びを知ったからです」

傷ついて泣いた思い出も、喜びに満たされた思い出も、過去に経験したすべての記憶が、クリエイターとしての俺を豊《ゆた》かにしてくれる。

「俺もあなたを、心から愛しています」

この想いが胸にある限り、俺は描ける。愛と労《いた》わりと優しさに満ちた物語を。

日本中の、いや、世界中の子供たちに伝えたい『真心』を。

心の底から、描き続けたいと思えるんだ。

眼差しに想いを込めて彼を見つめると、彼も真摯《しんし》な瞳で俺を見つめ返して言う。

「知っているさ。僕は君に支えられて、今のこの生活を選んだんだよ。五年前——もし君がそばにいてくれなかったら、光彦《みつひこ》を手放していたかもしれない。君に告白もできないまま、二度と会えなくなっていたら——自暴自棄《じぼうじき》になって、人生を投げていたかもしれない。君がご両親に勘当《かんどう》されてまで、僕についてきてくれなかったら、今の僕はいないんだ」

「オーバーですよ」

「いや、本当に。君の愛に支えられて、僕はこうして幸せでいられる。感謝しているんだよ。君に。君と巡り逢えた運命に。君がいるこの世界に」

彼の言葉に思わず苦笑したけれど、実のところ、俺も同じような気持ちだった。

「言葉だけじゃ、この気持ちを伝えきれない。僕の部屋へおいで」

差し出された彼の手を、微笑みながら握り返す。

「俺も言葉じゃ、今の気持ちを伝えきれません」

彼を愛したくて。愛されたくてたまらない。


明彦さんの寝室に場所を移して、俺たちはしっかりと抱き合った。

広くたくましい彼の胸と、力強く抱きしめてくれる彼の腕が、俺の心を温かく満たしてくれる。

そして何より、愛《いと》しい彼を抱き返す腕があることを、俺はこの上もなく嬉しく思う。

常《つね》に守られ、愛されるだけじゃイヤだ。俺も大切な人を守りたい。愛したい。

そう思える人がそばにいてくれる。これほど幸せなことがあるだろうか。

頬をくすぐる彼の吐息に、微笑みを誘われた。

それが彼の笑みを誘い、戯《たわむ》れるように唇が触れ合う。

上唇と下唇を交互に啄《つい》ばまれ、お返ししようとキスを仕掛けたら、そのまま口づけが深くなる。

こんなに好きだと言わんばかりに口づけられて、俺も『もっと好きだ』と伝えるためにキスを返して――気が遠くなりそうだ。

夢見心地で口づけを交わしながら、互いを隔《へだ》てる邪魔な衣服を脱がし合う。

彼にそっとベッドに押し倒され、しがみつくと抱き返されて、また、長い口づけが始まった。

俺を抱きしめる彼の手が、頬を、肩を撫で下ろし、優しく体を愛撫する。

その心地よさにうっとりして、何も解らなくなってしまいそう。

「待って。待って、明彦さん。俺にもあなたを愛させて」

俺は体力的にも精力的にも、明彦さんには到底敵《かな》わない。

だからせめて、彼に不満が残らないよう、精いっぱい彼を愛してあげたいんだ。

明彦さんもその気持ちを解ってくれて、俺のやりたいようにさせてくれる。

本当は、今すぐにでも俺を貫《つらぬ》ける彼の欲望を、キスと愛撫《あいぶ》で宥《なだ》めて静め、もう一度元気になるよう励《はげ》まして。

その間に、彼も俺の受け入れる場所を、少しずつ咲き綻《ほころ》ばせていった。

「あ…ッ、ああ……」

彼の指でそこを広げられているうちに、切ないほどの官能が俺の中で芽生《めば》え、もっと彼を感じたいと、内側から熱く疼《うず》いてたまらなくなっている。

「もう……来て、明彦さん。俺の中へ……これを挿《い》れて……」

俺のこの手で再び育てた彼の欲望で、何もかも解らなくなるほど愛されたい。

「君がそう言ってくれるのを、待っていたよ」

明彦さんが優しく笑って俺を組み敷く。

「愛しているよ、功一くん。今度は僕に、君を愛させてくれ」

いとおしげに俺の頬を撫で、甘い声で囁きながら、彼は静かに、ゆっくりと俺の中に欲望を埋《うず》めてきた。

苦しいと思うのはその一瞬だけで、俺は身も心も満たされて、幸せを感じる。

「明彦さん。大好き……」

「僕も大好きだよ、功一くん」

じっと動かずにいてくれる優しさが、次第にもどかしくなってきた。

「ん……っ」

思わず焦《じ》れて身動ぎすると、微かに微笑んだ彼が腰を使い出す。

「あ……っ、いい……」

「ここがいいの？」

「ん……っ、イイ……。すごく、イイ……」

うっとりと喘《あえ》ぐ俺に煽《あお》られて、彼の動きが激しく、巧《たく》みになっていく。

愛される喜びに満たされて、乱《みだ》されて。

俺は今夜も彼に抱かれて、何度も天国へ連れて行かれた。

白い霧《きり》の中に、天使様はいなかったけど。

少なくとも、そのときの俺には、そこが『天国だ』と思えたんだ。

◇　◆　◇

印税を受け取って喜んでいた直後、まさかの不運に見舞われて、またチャンスに恵《めぐ》まれた。

まるでジェットコースターに乗っているような気分だけど、この先どんなことになっても俺は、俺らしく、作品を書き続けていこうと決めている。

そう思えたのは、どんなときでも俺を支えてくれる明彦さんと、俺の作品を楽しみにしてくれている読者さんと、俺を売り出そうとしてくれる編集さんがいてくれたおかげだ。

一時はかなりヘコんでいたけど、気を取り直して、毎日みーくんが幼稚園に行っている間に、俺は忙しく街を出歩いていた。

だって七月十八日は、詩織《しおり》姉ちゃんの誕生日だ。今年は俺が稼いだお金で、プレゼントを贈ってあげると決めている。誕生日に間に合うように、プレゼントを用意しなくちゃいけないんだよ。

何にするか迷ったけど、やはり形に残るものがいい。

置き場所に困らなくて、できれば喜んで使ってもらえるもの。

となると、やっぱりアクセサリーが一番無難《ぶなん》かな？

七月の誕生石はルビー。

グレードの高いジュエリーは、俺なんかには到底手が出せないけど、探せば手ごろな価格の品もある。

姉ちゃんの好《この》みはよく知っているつもりだし。とにかくデザインが綺麗で、詩織姉ちゃんに似合いそうなものを探そう。

念入りにウインドーショッピングを繰り返した末、コレなら絶対いけると狙い定めたネックレスを購入したのは、かなりギリギリの日程だった。

本心を言えば手渡したいけど、帰省するのは盆休み。父さんの誕生日に合わせた八月十日の予定だ。宅配便で送らないと、誕生日に間に合わない。

実家の美容院で働いている詩織姉ちゃんは、夕飯も実家で食べている。定休日以外、朝早くから夜遅くまで自宅にいないから、誕生日の昼間を指定して、実家のほうへ送ることにした。

そして、誕生日当日の午後——詩織姉ちゃんから電話がかかってきたんだ。

『ちょっと功ちゃん！　どうしたの？　今年の誕生日プレゼント、すごく張り込んだじゃない』

「印税が入ったから、詩織姉ちゃんに、何かいいものを買ってあげたかったんだ」

『嬉しいこと言ってくれるわね。ありがとう、功ちゃん。でも、お姉ちゃん、功ちゃんがくれるものなら、たとえ野原に咲いている花一輪でも嬉しいのよ。こんな高価なもの買って、大丈夫なの？』

「おかげさまで。二冊目の絵本も出版してもらえそうだし。ちゃんと計画的に予算を組んで買ったから、安心して。それにルビーと言っても、俺が買える程度の、手ごろな価格のネックレスだよ」

『高そうに見えるわよ？　デザインもすごくオシャレだし……』

「そりゃ、時間をかけて選んだからね。気に入ってもらえて嬉しいよ。父さんと母さんの誕生日プレゼントも、何にするか思案中。欲しがってるものとかない？」

『功ちゃんが来てくれることが、一番嬉しいんじゃない？　聞き出して欲しいなら、協力するけど？』

「う～ん、やっぱ自分で考える。それより、一人五千円くらいの予算で、堅苦しくなく、豪華なディナーを楽しめるような、いい店知らない？　俺のデビューが決まったとき、父さんにご馳走《ちそう》してもらったから、今度は俺が、父さんの誕生日に、みんなにディナーをご馳走したいんだけど」

『判った。大空《おおぞら》にリサーチ頼んどくわ』

詩織姉ちゃんの旦那さん——天野《あまの》大空さんは、博識《はくしき》で、計画性も実行力もある。トラブル勃発《ぼっぱつ》に備《そな》え、複数の計画を練《ね》って行動する人だから、彼に任《まか》せておけば安心だ。

最後に、仕事のキリがついた母さんと少し話して、電話を切った。

幼稚園が夏休みに入り、みーくんの子守りをしながら過ごしていると、瞬く間に時が過ぎていく。

気がついたらもう、明彦さんの夏休み。

◇

◆

◇

明彦さんは毎年、父さんの誕生日に合わせて夏休みに入る。俺の二十歳《はたち》の誕生日に、詩織姉ちゃんからの手紙を受け取って――俺の両親に勘当を説いてもらうため、努力すると決めてからずっとだ。

この四年、いろんなことがあった。

最初は実家を訪ねても、二人とも会ってさえくれなくて、失意のうちに戻ることの繰り返し。

詩織姉ちゃんが応援してくれなかったら、俺はすぐに挫《くじ》けて諦めていた。

でも、諦めずに頑張った結果、今がある。

母さんと和解できたのは、母さんが病気をして気弱になったから。『雨降って地固まる』というけれど、母さんに降りかかった災難が、明彦さんの人柄を知ってもらえるきっかけになったんだ。

翌年の俺の誕生日には、父さんからも、『許す』と手紙をもらえた。

頑《かたく》な父さんの心を溶かしてくれたのは、お義兄《にい》さんだったね。

姉ちゃん夫妻には、どれほど力になってもらったことか。

俺も姉ちゃんたちみたいに、誰かの力になれる人でありたいよ。

明彦さんとみーくんと三人で、新幹線に乗って故郷へ向かいながら、俺は過ぎ去った日の思い出に浸っていた。


この四年間、何度も通った故郷の駅の改札口で、俺の両親と詩織姉ちゃん一家が待っている。

「功一、明彦さん、みーくん、お帰りなさい」

ここが俺たちの帰る場所だと、母さんが優しい笑顔で真っ先に言ってくれる。

「功一くんご希望のレストランを予約しておきました。今夜はお相伴《しょうばん》に与《あずか》ります」

お義兄さんがそう言って頭を下げると、双生児《ふたご》がお義兄さんにまつわりついて、可愛らしく小首を傾《かし》げた。

「おしょうばんってなにー？」

「パパ、こーちゃんから、なにかあずかるの？」

「お相伴に与るっていうのは、『ついでに一緒にご馳走になります』ってことよ」

と、詩織姉ちゃんが苦笑しながら双生児に説明する。

その横で父さんが、心配顔でヒソヒソ俺に話しかけてきた。

「今夜は功一がディナーをご馳走してくれるそうだが、こんな大勢で、大丈夫なのか？」

「うん。父さんほど大盤振る舞いできないけど、賞金と印税があるから平気だよ」

「でもね、功一。『いつまでもあると思うな、親と金』って言うでしょ。調子に乗って気前よく使っていたら、お金なんて、すぐになくなっちゃうのよ」

「母さんまで、そんな心配しないでよ。俺だってちゃんと考えてるんだから。たまには親孝行しないと。それこそ『いつまでもあると思うな、親と金』ってことになっちゃうじゃない？」

「何を言うとるか！　ワシゃーひ孫の顔を見るまでは死なんぞ！」

父さんがムッとして俺に文句を言い、姉ちゃんがツッコむ。

「大丈夫よ。『憎《にく》まれっ子世《よ》にはばかる』って言うじゃない。父さんはきっと、殺しても死なないタイプだわ」

「こりゃ詩織！　お前は、ほんまに可愛げのないことを……。いったい誰に似たんじゃ」

「父さんに決まってるじゃない。ねえ、母さん？」

苦笑しただけの母さんは、心の中で詩織姉ちゃんの言葉に頷《うなず》いていたに違いない。寄ると触るとケンカしているこの二人は、行動パターンが結構似ている。

「内輪《うちわ》もめしていないで、早く行きましょう。予約している時間に遅れてしまいます」

お義兄さんが連れて行ってくれたのは、俺がリクエストした通りの、子供連れでも気兼《きが》ねなく入れるイタリアンレストラン。

イタリアンなら子供受けする料理が多いし、カジュアルな店のほうが落ち着ける。そう思ったんだけど、肝心《かんじん》の父さんの好みには合わなかったようだ。店の前で不満げに顔をしかめた。

「なんじゃ、スパゲッティーの店か。ワシゃー麺《めん》なら、ラーメンかそばかうどんのほうがよかったわぃ」

文句を言う父さんを、母さんがハラハラしながら見守っている。

「あら、ここのパスタ美味《おい》しいのよ。パスタ以外にも、いろんなメニューがあるし。騙《だま》されたと思って食べてみたら？　絶対美味しいから」

詩織姉ちゃんが取り成してくれたけど、父さんは憎まれ口を叩くばかり。

「ふん、女子供の味覚はアテにならん。ワシはこってり中華か、あっさり和食が好きなんじゃ」

「可愛げないわねぇ。せっかく功ちゃんがご馳走してくれるのに……」

呆《あき》れ顔でため息をつきながら、父さんに文句を言う詩織姉ちゃん。

その横で静観しているお義兄さんに、俺はおろおろしながらお伺《うかが》いを立ててみる。

「どうしましょう？　今から中華か和食に変更できますか？」

「そんな必要ないわ。うちの子たちがお腹空《す》かせて待ってるし。功ちゃんたちも、長旅で疲れてるでしょ。入るわよ」

詩織姉ちゃんがドアを開けると、父さんも渋々《しぶしぶ》店内へ入っていく。それを見てホッとした様子で母さんが続き、俺たちもゾロゾロと店のドアをくぐった。

案内された席は、四人用の四角いテーブル二つをくっつけた、夜景が見える窓際の席。

父さんの向かいに座った明彦さんが、ご機嫌を伺うように、父さんにワインリストを開いて見せた。

「いいワインが揃っていますよ。こちらは僕が奢りますので、今夜は一緒に飲みましょう」

普段はビール・焼酎・日本酒の父さんだけど、アルコールならどれも嫌いじゃないらしい。

「おお、そうか。じゃあこの一番高いやつを頼《たの》もうかのぅ」

すっかり機嫌を直してニコニコ顔になっている。

詩織姉ちゃんの隣の席では、今年小学生になった利発《りはつ》な翼《つばさ》が、メニューを広げて言う。

「つばさ、ここのカルボナーラがすき！　カルボナーラとドリアを、かけるとはんぶんこする！」

翼は双生児とはいえ弟だけど、いつもイニシアティブを取っている。兄の翔《かける》は、特にそれを不満に思っていないらしい。

「今日は大勢で来てるから、いろいろ頼んで、みんなで小皿に取り分けて食べようよ。そうしたら、ちょっとずつ、いろんなものが食べられるでしょ。翔は何が食べたいの？」

「……なんでもいい。つばさとおんなじでいいよ」

同じでいいってことは、『同じがいい』わけではないんだろうに。

「うわぁーい！　じゃあね、じゃあね、つばさ、ハンバーグとピザもたべたいの！」

リクエストしたのはまたしても翼だ。

「デザートのアイスクリームもおいしいよ♡　コレとコレと、コレとコレがおすすめ♡」

「おすすめ♡」

「ティラミスも、プリンもゼリーもおいしいよ♡　イチゴのロールケーキもすき」

「チーズケーキと、チョコレートケーキもすき」

どうやらこの店の常連らしい双生児は、今度はデザートメニューを指差して、みーくんにあれこれ勧めている。

「ちょっとあんたたち、今日のデザートはバースデーケーキよ。お祖父《じい》ちゃんとお祖母《ばあ》ちゃんのお誕生日のお祝いで、お食事に来てるんだからね」

詩織姉ちゃんにそう言われて、翔と翼が問い返す。

「おたんじょうびのケーキ？」

「きってない、おおきいケーキ？」

「そうよ。最後に大きなケーキが出てくるから、期待して待ってなさい」

子供たちは嬉々《きき》としてはしゃいでいる。

大きなホールケーキって、子供にとっては特別なんだよね。俺も子供の頃は、特別な日にだけ出てくるホールケーキに憧れていたものだ。

その様子を微笑ましく横目で見ながら、俺は本日のオススメ料理にみんなの希望を取り入れて、前菜からメイン料理までをオーダーした。

ワインとジュースで乾杯して、色鮮やかなイタリアンディナーを囲んでいるうちに、父さんもすっかりご機嫌になっている。

「たまにはスパゲッティーの店も悪ぅないのぅ。パリパリのピザが酒の肴《さかな》にちょうどええわぃ」

「女子供の味覚だって、アテになるでしょう？」

したり顔の詩織姉ちゃんに、父さんはフンと鼻を鳴らしただけ。

最後にバースデーケーキが運ばれてきたとき、店員さんも一緒に『ハッピーバースデー』を歌って盛り上げてくれた。

「お誕生日おめでとう、父さん。ちょっと早いけど、母さんも、お誕生日おめでとう。俺、二人に何をあげれば一番喜んでもらえるか、すごく考えたんだ。考えて……俺にしかできないプレゼントを作ってきた」

俺が作った誕生日のプレゼントは、父さんと母さんの絵本。

父さんだけが、まだ勘当を解いてくれてなかったとき、母さんから聞いた話をもとに、二人の恋物語を描いてみたんだ。

いじめっ子だった父さんが、母さんに恋をして、痴漢《ちかん》から母さんを守って、プロポーズしたこと。父さんと母さんが結婚して、一男一女に恵まれたこと。

詩織姉ちゃんや俺が生まれた日のことは、両親や姉ちゃんから、折りにつけ聞かされて育った。父さんと母さんが、どんなに俺たちの誕生を喜んでくれたか――俺はちゃんと知っているよ。

そして娘の結婚と、双生児の初孫が生まれた日のことは、俺もこの目で見てきた。

一冊のスケッチブックにそこまでの物語をまとめて描いた、これは世界に一冊しかない、俺の原画絵本。

絵本作家の俺にしかできない、真心込めたプレゼントだ。

それを読んだ父さんがポツリと漏らした。

「この絵本は、未完だな。大人になったお前のことが描かれていない」

「うん。二人の物語はまだまだ続くけど、ここから先は父さんと母さんが、それぞれの心のキャンバスに描き足《た》していって」

不肖《ふしょう》の息子がお嫁に行って、両親が息子を勘当し、和解して大団円を迎えるまでの物語は、俺にはさすがに描けなかったよ。

あの頃のことは、それを知っている人だけの胸にしまっておけばいい。

「俺をこの世に送り出して、育ててくれた父さんと母さんに、俺はとても感謝してるんだ。俺が今、ここにこうしていられるのは二人のおかげだから。いくら『ありがとう』を言っても足りないくらいだよ」

「やあねぇ、功ちゃん。こんな心のこもったすごいプレゼントを先に渡されちゃったら、私の立場がないじゃない」

詩織姉ちゃんが困った顔で笑いながらそう言って、父さんたちに薄くて小さな包みを差し出した。

「芸がなくて申し訳ないけど、二人に旅行券。これで、その絵本の続きのエピソードを作ってきて」

「ありがとう、詩織。功二」

父さんと母さんが、少し涙ぐみながらそう言って、笑顔を浮かべてみせる。

大好きだよ、父さん。母さん。

本当にありがとう。

父さんの言う通り、二人には、ひ孫の顔を見るまで長生きしてほしい。


俺たちはお盆休みをまるまる俺の実家で過ごして、夏のレジャーを楽しんだ。

今年も海に行ったたし、花火もしたし、お祭りにも行った。

別れ際には、おうちへ帰るのを渋ったほど、みーくんは双生児と遊ぶのが楽しかったみたい。

「かけるとつばさも、みーくんのおうちに、いっしょにかえろう」

なんて、みーくんったら、可愛く小首を傾げておねだり口調で言うんだ。

翔と翼もその気になって、声をそろえておねだりする。

「ママー、みーくんのおうちにあそびにいこー！」

「あそびにいこー！」

「行きたいのは山々だけど、パパもママも、お仕事があるのよ」

姉ちゃんに断られると、双生児は続いて、孫に激甘の父さんに標的を移した。

「じーちゃ～ん！　こーちゃんちにあそびにいこー！」

「いこー！」

俺によく似た双生児にまつわりつかれて、父さんはデレデレで首を縦に振りそうになっていたが。

「お祖父ちゃんも会社があるの！　ワガママ言わない！」

ビシッと姉ちゃんに叱《しか》られて、しょんぼりと諦めた。

最初は俺の取り合いをしていたおチビさんたちが、今ではこんなに仲良くなっている。

ともに過ごした時の重みを感じて、嬉しい気持ちになった俺だった。

「今度また、お正月に遊びに来るよ」

翔と翼がもっと大きかったら、二人でうちに遊びに来てくれても構わないんだけど。まだ小学一年生じゃ、保護者なしで旅はできない。

名残惜《お》しいけど、また会う日まで。バイバイ。俺の可愛い甥《おい》っ子たち。

2．みーくん六歳の誕生日

もうすぐ俺の二冊目の絵本が発売される。

新創刊レーベルの名前は『ゆめいろ絵本』。

発売日は十月十五日。

絵本の発売に先駆けて、今日、宅配便で著者贈呈本《ぞうていぼん》が届いた。

俺は早速プレゼント用にサインして、両親の分と姉ちゃんの分を宅配便で実家へ送り、お隣の平井《ひらい》さん宅へも一冊持って行く。

「まあ、功一くん。次の絵本がもう出たの？」

「いえ、これは作者に送られてくる見本誌で、書店に並ぶのは、みーくんの誕生日の翌日くらいだそうです」

「そういえばみーくん、もうすぐ六歳ね」

「ええ。俺の二冊目の絵本が出版されるお祝いも兼ねて、うちでパーティーやりますから、ぜひ皆さんでいらしてください」

「お招《まね》きありがとう。もちろん伺うわ」

平井さんのお宅を出たその足で、今度は近所のお爺ちゃん——広い庭園のある大きな日本家屋に住む、金成さんのところへ向かった。

金成さんのお宅には、生後一年九カ月になったポメラニアンの雑種・ジロがいる。デビュー作を描くきっかけとなったタロの死後、俺が金成さんに紹介した、みーくんのお友達の家で生まれたワンちゃんだ。

よく通るジロの声に出迎えられ、俺は金成さんのお宅の茶の間にお邪魔した。

「もうすぐ発売される、俺の二冊目の絵本が届いたんです。金成さんに見ていただきたくて、持って来ました。よかったらこれ、もらってください」

「ありがとう、功一くん。頑張っとるようだね」

「はい。おかげさまで」

二作目の絵本が、一度は発売中止になったことを、知っている人は少ない。

出版社が違うことに気づく人はいるだろう。デビューしたレーベルが休刊したことを、読者はとうに知っているから、隠す必要はないんだけど。わざわざ話すようなことでもないから、聞かれない限り黙っておくつもりだ。

「十二月には、三冊目の絵本も出る予定です。そのときにはまた持ってきます」

「いやいや、次は買わせてもらうよ」

「いえ、そんな……うちにたくさん送られてきますし。いつもみーくんがこちらでお世話になっていますから、そのお礼も兼ねて、俺がプレゼントしたいんです」

金成さんは皺《しわ》だらけの顔に笑みを浮かべて言う。

「みーくんには、わしのほうが世話になっておるよ。一人暮らしの年寄りにはな、ちょくちょく遊びに来てくれることが、何より一番嬉しいんじゃ」

奥さんに先立たれ、十五年間、このお屋敷で柴犬のタロと暮らしていた金成さん。

ケンカして出て行った息子さんには、とっくに子供ができていてもおかしくない。だから金成さんは、みーくんに孫の姿を投影《とうえい》して、可愛がってくれているのかもしれないね。

「十四日の夜、俺の二冊目の絵本の出版祝いを兼ねて、みーくんのお誕生日パーティーをやるんです。よかったらぜひ、金成さんもいらしてください。俺、ご馳走いっぱい作って待っていますから」

「お誘いありがとう。お言葉に甘えて、ジロに留守番を頼んでお邪魔しますよ」

今年のみーくんの誕生日パーティーは、いつもより賑《にぎ》やかにしたい。

金成さんも来てくださるから、お年寄りが好きそうなメニューを加えて、少し多めに料理を作ろう。

本当は、俺の実家の家族にも祝って欲しいところだけど、わざわざ来てもらうには遠すぎる。だからせめて雰囲気だけでも伝えられるよう、たくさん写真を撮って送りたい。

思いっきりパーティー気分を盛り上げるため、俺は何日も前から、一人でこっそり準備してきたんだ。

みーくんがいない間に飾りつけして、ビックリさせてあげたい。

そう話したら、みーくんの幼稚園へは、啓介くんが迎えに行ってくれることになった。その足で金成さんのところへ行って、ジロと遊んで散歩してから、金成さんを連れて帰ってくる予定だ。

平井さんは昼過ぎから、料理を手伝いに来てくれている。

手際よく手を動かしながら、平井さんがため息とともにしみじみと呟《つぶや》く。

「今日でみーくん、六歳なのね。来年はもう小学生よ。幼稚園に入学したのは、ついこの間のことみたいに思えるのにねぇ……」

「子供が大きくなるのって、本当にあっという間ですね」

俺の後追いをして泣いていた赤ちゃんが、いつの間にか幼稚園に通うようになっていて、俺がいない場所でお友達を作って遊んでいる。

来年からは小学校。就学《しゅうがく》時間が長くなり、俺の知らない時間がどんどん増えていく。

こんなふうに子供は親の手を離れて、少しずつ自立していくんだね。

「だからこそ、一人前の大人になるまで、たっぷり愛情を注《そそ》いで育ててあげるつもりです。四季折々《しきおりおり》のイベントや、その時々の出来事を大切にして、楽しい思い出をたくさん残してあげたいから。みーくんのママとして、俺にできることは、なんだってやりますよ」

ご飯を作ってあげることも。洗濯も掃除も。俺にしてあげられること、すべてが俺には楽しみなんだよ。

小学生になったら、宿題だって見てあげられる。

解らないことは、みーくん自身が答えを見つけられるように、一緒に考えてあげたい。

「もっともっと、大きくなって欲しいです。たくさんの思い出を抱《かか》えて……」

俺の気持ちを黙って聞いていた平井さんが、優しく微笑んだ。

「功一くんみたいなママがいて、みーくんは幸せね」

噂をすれば影。俺の小さな可愛いみーくんが、満面の笑みを浮かべて帰って来た。

「ただいま、こーぃちくん！　かねなりのおじいちゃん、よんできたよ！」

「お帰り、みーくん。啓介くん。いらっしゃい、金成さん」

パーティー仕様のリビングを見たみーくんは、まず驚き、すぐに笑顔を浮かべてはしゃいだ。

「すごい、すごい！　お部屋がキラキラでピカピカ！」

お誕生日だから、金、銀、赤、青、緑のメタリックカラー折り紙で作ったチェーンを壁や天井に吊《つ》るし、お花紙で作った色とりどりの花をあちこちに飾ってみたんだ。

窓辺には、イルミネーションの星やツララがピカピカ光ってる。

みーくんは部屋をぐるっと見渡したあと、入口近くに吊るしている紅白のくす玉に興味を持った。

白いくす玉の紐は手が届かないけど、赤いくす玉の紐は、みーくんでも手が届く。

「ねえねえ、これなあに？」

紐を握ってみーくんが俺に尋ね、うっかり強く引っ張って、赤いくす玉が割れた。

中から出てきたのは、七色のカラーテープと白い垂《た》れ幕《まく》。

幕に描かれている文字は、『おたんじょうびおめでとう』。

「うわぁー！　すごーい！」

本当は、みんなそろってから割るつもりだったけど、喜んでいるから、ま、いっか。

俺は慌ててカメラを取って、みーくんに向けてシャッターを切る。

我が家のパーティーに初めていらした金成さんは、圧倒されて言葉も出ないご様子だ。

啓介くんもちょっと呆然。

「今年はいつもよりハデな演出ダネ……。さすがというか、なんというか……」

そこへ平井さんの旦那さんも現れて、俺がくす玉を手作りしたことに、オーバーなほど感心されてしまった。

「白いほうのくす玉は、功一くんのお祝いかい？」

「ええ、まあ……。二作目発売が嬉しくてつい……」

俺的には、ただ嬉しいばかりだったデビュー作の発売以上に、二冊目が出たことに喜びを感じている。だからお祝いしたいんだ。俺の夢に未来があることを。

くす玉で盛り上っていたところへ、明彦さんも帰ってきた。

「遅れてすみません。すぐに着替えてきますから」

遅れたといっても、普段の帰宅時間より、一時間は早い。

「じゃあそろそろ始めましょう。お席へどうぞ」

飲み物をサーブしている間に、明彦さんも普段着に着替えて戻ってきた。

「本日は、お忙しい中お越しくださり、ありがとうございます」

明彦さんが挨拶《あいさつ》すると、金成さんと平井さんご一家から、口々にお祝いの声が上がる。

「みーくん、六歳のお誕生日おめでとう」

「おめでとう。来年は小学生ね。功一くんも、二冊目の絵本の発売おめでとう」

「おめでとう、みーくん。功一くんもおめでとう。絵本、早速読ませてもらったよ」

「今度の絵本も、色使いが優しくて、すんごいキレイだった。なー、ミー」

「うんっ！　みーくん、こーぃちくんのえほんだいすき！」

「お話もよかったよ。思わず涙が出てしもうた」

「ありがとうございます、みなさん。無事二冊目が出て、ホッとしています。これからもいい作品が描けるよう頑張りますので、応援してください」

俺はお祝いの言葉に応えて席を立ち、啓介くんにカメラを渡して、白いくす玉を割った。

七色のカラーテープと一緒に、『祝・神さまのなみだ発売！』の垂れ幕が下りてくる。

拍手喝采《かっさい》が沸き起こり、啓介くんがすかさずシャッターを切った。

「功一くん、絵本！」

平井さんが当の絵本を渡してくれて、絵本を持ってもう一枚。

「みーくんも、いっしょにうつる！」

紅白のくす玉を背に、今度はみーくんとツーショット。

最後にみんなで記念写真を撮ってから、再び席に戻った。

「夢を叶《かな》えて絵本作家になった功一くんと、六歳になった光彦の成長を祝って、乾杯！」

明彦さんが音頭を取り、みんながグラスを掲げて「乾杯！」と唱和《しょうわ》する。

祝いの宴《うたげ》が始まると、啓介くんが大喜びで真っ先にスペアリブに手を伸ばした。

「うぉー、この骨付き肉うんめぇ！　こっちのローストビーフもウマイけど、この濃厚な味がたまんねぇ！」

若い啓介くんはガッツガッツと小気味《こきみ》よく、肉中心に平《たい》らげていく。

「肉詰めの鯛も美味しいぞ、啓介」

鯛のお腹にひき肉を詰めて焼いた料理は、平井さんの旦那さんに大好評。

「この茶碗蒸しも最高ですな」

「こーぃちくんのちゃわんむし、おいしーよね。ぐがいっぱいはいった、ふんわりたまごやきもおいしーの♡」

お年寄りと子供には、柔らかい卵料理の人気が高い。

食事制限が必要な平井さんのために、温野菜のサラダや豆腐《とうふ》料理も、いろいろ用意してある。

「コーイチ、ほんっと料理上手いよな。いつもいいモン食わしてくれるし。うちとは大違い。俺、オーサワんちの子になりてー」

「ちょっと啓介！　それじゃ、うちのご飯がよっぽどお粗末《そまつ》みたいじゃないの！」

「だってうちの飯、肉が足りないんだよ、肉が！」

そりゃ、料理している平井さん自身に食事制限がある以上、啓介くんが望むご飯を作るのは難しいだろう。

「しっかり食べて帰ってよ。啓介くんのために、まだまだお肉があるんだよ。ほーら、出来立て、チキンのバスク風煮込み料理だ！」

「ああっ、もう嬉しすぎ！　コーイチ様！　一生ついていきます！」

おどけて笑いを誘いながら、啓介くんが新たな皿に飛びついた。

みーくんも負けじと手を伸ばす。

タップリ食べてお腹いっぱいになっても、甘いものは別腹だ。空《から》のお皿を片付けて、バースデーケーキが登場すると、みーくんは、とびっきりの笑顔になった。

ケーキに立てた六本のろうそくに火をつけて、照明を落として、みんなで『ハッピーバースデー』を歌う。

小さな頃は、火を吹き消すのに苦労していたのに――今はもう、ひと吹きで簡単に消せるね。

「みーくん、六歳のお誕生日おめでとう。プレゼントだよ。開けてごらん」

俺からのプレゼントは、いろんな種類の恐竜が作れるブロックだ。

初めて自分が稼いだお金で買うプレゼントだから、何にするか、すっごく迷ったんだよ。

みーくんが喜んで使ってくれそうで、遊びながら何かを学べるものがいいと思って。自分の手で、形あるものを作れる玩具にした。

さっそく包装紙を開いたみーくんは、パッケージを見て大興奮。

「うわ、かいじゅーだ！」

「怪獣じゃなくて恐竜だよ。あとで一緒に作って遊ぼう！」

「あそぼう！」

啓介くんが一緒に遊んで、お手本を見せてくれそうだ。これならすぐに、みーくん一人で恐竜を組み立てられるようになるね。

「パパからは、しゃべる地球儀だ。来年は小学生になるんだから、今からしっかり勉強するんだぞ」

どうやら明彦さんも、遊び感覚で学べるものを選んだらしい。それが親心ってもんだよねぇ……。

「おじちゃんからは、腕時計だよ」

平井さんの旦那さんがくれたのは、Ｆ１モデルのカッコイイ子供用腕時計だ。みーくんは大喜びして、早速それを身につけた。

「似合うよ、みーくん！」

「時計をはめたら、もう幼稚園児には見えないぞ。立派に小学生で通用する」

煽《おだ》てられて、すっかりその気になっちゃって。みーくんったら、パパがよくする仕草で、格好つけて時計を見たりしている。

「今の、オーサワのマネだよな？」

「可愛い〜！」

平井さんに大ウケして、今度はネクタイを直す仕草を真似た。みーくんって、物マネの才能があるかもしれない。

こみ上げる笑いをこらえながら、平井さんがプレゼントの包みをみーくんに渡した。

「おばちゃんは、セーターを編んだのよ。寒くなったら着てちょうだい」

平井さんは編み物にハマっていて、凝《こ》ったデザインのセーターでも、自分で作っちゃうんだ。今年みーくんに編んでくれたのは、横開きでボタン留めする襟のデザインが可愛い、綺麗なアクアブルーのセーターだった。それがまた、みーくんによく似合う。

「オレからは、電動バッティングマシンだゾ。今度天気がいい日に、一緒にバッティング練習しような」

啓介くんがプレゼントを渡してそう言うと、みーくんは遊んでもらえる期待もあってか、渡されたときより嬉しそうな顔で頷いた。

最後に金成さんが、ラッピングした箱を「よいしょ」と取り出して言う。

「爺ちゃんからは、将棋《しょうぎ》セットじゃ。おうちでも練習しておいで」

おうちでも……？

「もしかして……みーくんに将棋を教えてくださっているんですか？」

「将棋と言っても、将棋崩しと挟み将棋じゃ。もう少し大きくなったら、本格的に教えてもいいが――いつまで続くかのぅ……」

どうやら俺の知らないところで、みーくんは将棋にハマっているようだ。

「よかったね、みーくん」

「うんっっ！」

たくさんのプレゼントをもらって、大満足のいい笑顔。

それをカメラに収めた俺は、再びセルフタイマーをセットして、全員の記念写真を撮ったり、啓介くんや明彦さんにデジカメを渡して、写真を撮ってもらったりした。

「せっかくだから、恐竜と一緒に写真を撮ろう！」

「きょーりゅー、きょーりゅー！」

啓介くんの言葉に、みーくんは大はしゃぎ。

啓介くんが設計図を見ながら組み立ててくれたのは、トリケラトプスだ。

メイキングシーンも数枚獲って、完成して喜ぶみーくんを写した。

「功一くん。せっかくだから、こういうのはどうかな?」

明彦さんは、少し離れた場所でみーくんにバトルポーズを取らせ、恐竜を近くに置いてシャッターを切る。みーくんは小さく、恐竜は大きく写るから、面白い写真が撮れた。

「あっ、オーサワ! オレもオレも!」

「啓介! お前、いい歳をして……」

平井さんご夫妻は、悪ノリしている啓介くんに眉をひそめて窘《たしな》めたが、明彦さんはニコニコしながら啓介くんの肩を持つ。

「まあまあ。男の子はみんな、こういうのが好きなんですよ」

「と、昔男の子だった人が言っています。明彦さんも仲間に入りたいんでしょう?」

そもそも提案したのは明彦さんだ。それってやっぱり子供の頃、こういうことをやってみたかったからだと思う。

その証拠に、最初は「え、僕も?」なんて戸惑う素振りを見せたくせに、一緒になってポーズを取っている。

まあ……そこが可愛いといえば、可愛いんだけど……。

恐竜対戦ごっこで盛り上っていたパーティーは、夜も更《ふ》けてきたところでお開きになり、啓介くんと平井さんの旦那さんが、金成さんをご自宅まで送ってくれた。

平井さんは、最後まで後片付けを手伝ってくださった。

「ありがとうございました。今度はクリスマスに、またパーティーやりましょう」

「そうね。クリスマスは何が起こるか、今から楽しみだわ」

「そんなに期待されちゃったら、張り切って新しい演出を考えないといけませんねぇ」

なんて苦笑しながらも、実はそれが楽しいんだよね。

クリスマスには、平井さんたちにも、ステキなプレゼントを用意したいな。

喜んでいただけると嬉しいんだけど……。

◇　◆　◇

プレゼントをたくさんもらってはしゃぎ回ったみーくんが、ベッドに入って寝てしまうと、急に静かになってしまった。

「楽しかったですね、パーティー」

「ああ、楽しかった。でも、君は大変だったんじゃないか？　料理の品数も多かったし。部屋の飾りつけも、クリスマス並みに華やかだった」

「ええ、実はクリスマスイルミネーションのツララと星を使っちゃいました。やりすぎかなとも思ったんですけど……」

「きれいだったよ。パーティーなんだから、派手なくらいでちょうどいいさ」

明彦さんはそう言って笑いながら、俺を抱き寄せた。

「光彦にはプレゼントを渡したけど、君にはまだだったね」

「え？　俺に？」

「そう。君の二冊目の絵本が出たお祝い」

そう言って明彦さんは、小さな箱を渡してくれた。

「開けてみて」

ラッピングされた箱を開けると、台座が付いた卵が入っている。

「卵の中に、『神様の子供』が入っているよ」

卵はエッグアートオルゴールで、曲目は『虹の彼方《かなた》に』。『オズの魔法使い』のテーマソングだ。

卵は小物入れになっていて、中にはティアドロップ型の真珠のペンダントが入っていた。

「真珠は『月の涙』とか、『人魚の涙』とか言われているだろう。これなら、男の子が身につけてもおかしくないデザインだと思うんだけど……」

俺が描いた二冊目の絵本は、子供を亡くした母親を見守っていた神様が、こぼした虹色の涙が奇跡を起こして、赤ちゃんが生まれる話だ。それになぞらえて、エッグアートオルゴールの中に、ティアドロップ型の真珠のペンダントを入れていたんだね。

どんなプレゼントを贈るか、明彦さんがどれほど考えて、考えた末に選んだか解る。

驚きと嬉しさで、自然と顔が綻《ほころ》んでしまう。

「ありがとう、明彦さん！」

俺は思わず彼に抱きついて、熱烈なキスをした。

されるままに受け止めてくれた明彦さんは、照れ笑いを浮かべている。

「気に入ってくれてよかったよ」

「俺、あなたがくれた『神様の子供』をお守りにして、これからも頑張ります！」

あとで知ったことだけど、真珠には、持ち主の創造力を高めるという開運暗示があるらしい。俺にピッタリのプレゼントじゃないか。

「応援しているよ。僕には、そう言ってあげることしかできないけど」

「あなたがそう言って励《はげ》ましてくれたら、俺は力が湧《わ》いてくるんです」

あなたの励まし一つで、千人の味方を得たような気分になれる。

そんな伴侶《はんりょ》に巡り逢えた俺は、本当に幸せ者だ。

「なんだか興奮しすぎて、眠気が吹っ飛んじゃいました」

「僕も……君のキスが熱烈すぎて、このままじゃ眠れそうにない」

「眠くなるまで、仲よくしましょうか？」

「適度な運動をすれば、寝つきがよくなるからね」

明彦さんにとっては適度な運動でも、俺にとっては違うんだけど――。

「賛成です」

「よし、じゃあ行こう！」

俺がＯＫした途端、明彦さんは俺を花嫁抱きにして、笑いながら寝室へ移動した。

ベッドに下ろされ、二人並んで腰掛けて、抱き合って微笑みながら、戯《たわむ》れるようなキスを何度も繰り返す。

触れ合う唇から、こぼれる吐息がくすぐったい。

「大好き、明彦さん」

「僕も君が大好きだよ。世界中で一番好きだ」

今度のキスはしっとりと甘く、俺をうっとり夢中にさせる。

俺を支えてくれるたくましい手に愛撫され、その心地よさに溺《おぼ》れているうちに、パジャマをはだけられていた。

素肌を滑る手の感触が、俺の吐息を震わせる。

「ああ……明彦さ……ん……」

彼の指先が俺の官能に火をつけて、身も心も燃え上がらせてしまう。

「……可愛い。君が可愛くてたまらないよ」

彼の甘い囁き声は、火を煽《あお》る風のようだ。

体中に口づけられて、花びらのような赤い跡を刻《きざ》まれる。

まるであなたの想いに焼かれて、軽い火傷《やけど》をしたみたいだね。

もっともっと、あなたの愛で俺を焼き尽くして欲しい。

そう願う俺の体の奥までが、愛しい彼に暴かれ、熱い疼きを呼び起こされていく。

「明彦さん……、あなたが……欲しい……！」

もっと激しい情熱で、この身を焼かれたい。

「僕もだよ。君が欲しくて、我慢できない……」

少し掠《かす》れた吐息のような彼の声が、昂《たか》ぶりきった俺を煽る。

「う……」

体を裂かれる衝撃さえ、今の俺には悦《よろこ》びでしかない。

「ああ……、すごい……。いっぱい……」

彼の情熱が、俺の中で熱く脈打っている。

「すごいのは……君のほうだ……」

快楽に濡れた彼の声が頬を掠め、それだけで感じた俺は、切なく身悶《みもだ》えた。

「ああ……っ、明彦さん！　明彦さ……ん！」

俺の中で息づく彼の想いが、情熱のままに動き始めて俺を翻弄《ほんろう》する。

感じ合える悦びに、身も心も昂ぶって。俺は今にも絶頂を迎えそう。

でも明彦さんはそれを許してくれず、俺の欲望を塞き止める。

「ああっ、もうダメぇっ！」

「もう少し。もう少し我慢して、一緒に達《い》こう」

限界を超えた快楽にのたうち、ようやく開放されたときには、気が遠くなっていて。

俺はそのまま、墜落《ついらく》するように眠ってしまったんだ。

3. 明彦さん三十六歳の誕生日

みーくんの誕生日が終わると、次は明彦さんの誕生日。

こちらは毎年、いつもより豪華な夕飯を作って、家族だけでお祝いしている。

派手な飾りつけはしないいし、人数が少ない分、料理にかける労力も少なくて済む。だからメニューを考えるのも、じっくり時間と手間をかけて準備するのも、楽しいばかり。

でも、今回はそんな暢気《のんき》なことを言っている余裕がなくなってしまった。

カウントダウンが始まっているこの時期に、俺は街中をウロウロと、『明彦さんが喜んでくれそうなものがないか』と、懸命に探し歩いていたからだ。

プレゼントは、とっくに用意している。

じゃあなぜかって？

俺が明彦さんに用意したバースデープレゼントが、明彦さんがくれたプレゼントに見劣りするからさ。

こんなことなら、『手間をかけよう』なんて思わなければよかった。

発想は……少女趣味だけど、そう悪くないと思うんだ。

だけどせめて、専門家に頼めばよかった。プレゼント自体も、ラッピングの仕方も、明彦さんのほうが一枚も二枚も上手だから、このまま渡すわけにはいかないよ。

今さらプレゼントを変更する余裕はないけど、せめてもっと感動できるシチュエーションはないだろうか。

あるいは、ラッピングでゴージャス感を出せないかな？

あれこれ思い巡らしながら、自分が必要としているものすら解らないまま、ただ当てもなくウインドーショッピングを繰り返していた。

そしてふと、詩織姉ちゃんへのプレゼントを買った店で、あるものが目に留まったんだ。

「……オパール……」

オパールといっても、いろいろ種類があって、彩《いろど》り豊かな遊色効果——要するに、角度によって変化する、虹色の輝きを持つものを『プレシャスオパール』、遊色効果がないものを『コモンオパール』というらしい。

母岩がオパールの一部になっているものは、ボルダーオパールっていうんだって。

ジュエリーとして価値が高いのは、もちろんプレシャスオパールだ。

ボディーカラーが白か乳白色のものはホワイトオパール。黒か灰色、あるいは濃い青や緑のものは、ブラックオパールと呼ばれている。ブラックオパールは最も稀少《きしょう》で高価なんだけど、実際には、ホワイトオパールに黒いプラスチックやオニキスを貼り合わせた加工品や、ボルダーオパールをブラックオパールと呼んでいることもあるから、気をつけなくちゃいけないみたい。

メキシコ産のオパールには、透明度の高い赤やオレンジの、燃える炎のような遊色効果を示すファイアーオパールと、地色が無色透明なウォーターオパールがある。

俺が心惹かれたのは、もちろんウォーターオパール。

この透明な虹色に輝く宝石が、俺がイメージした、神様がこぼした涙みたいに見えたんだ。

しかもオパールは、『希望の石』『幸せを運ぶ神の石』などと呼ばれているとか。

明彦さんが『神さまのなみだ』になぞらえて、俺に贈ってくれたのは、ティアドロップ型の真珠のペンダント。

だから俺も、明彦さんがお守り代わりに身につけられる、オパールのアクセサリーをプレゼントしたらどうだろう？

スーツ姿で働く男性が、常に身につけていても不自然じゃないアクセサリーといえば、やっぱりネクタイピンかな？

明彦さんの真似をして、ラッピングしたプレゼントのリボンにタイタックを留め、二重包装すれば、プレゼントが二つあってもおかしくないし。ゴージャス感を上乗せできる。

「よし、これにしよう！」

ようやく解決策が閃《ひらめ》いてホッとした。

あとはバースデー当日を待つばかりだ。

◇　◆　◇

誕生日の朝、俺は明彦さんを仕事に送り出すとき、笑顔で一言付け加えた。

「今日はあなたの誕生日だから、ご馳走を作って待ってます。早く帰ってきてくださいね」

すると明彦さんは複雑な顔。

「祝ってもらえるのは嬉しいけど、できることなら歳なんて取りたくないよ。僕だけが、どんどんおじさんになっていくような気分になる」

未《いま》だに俺との年齢差を気にしている彼は、『歳を取る』とか、『おじさん』とかいう言葉に対してとてもデリケートだ。自分で口にしておいて、ますます落ち込んでいる。

「俺だって、同じように歳を取っていくんですよ？」

「君が僕の歳になるのは、十年も先だ。それに何より、君はまだ高校生で通るくらい、童顔で可愛らしい。五年前からちっとも変わっていないじゃないか」

俺だってもう、子ども扱いされるような若造《わかぞう》じゃないつもりなんだけど。先に歳を重ねていく彼にとっては、いつまで経《た》っても『若い子』ってことか。

だったら、煽《おだ》てて機嫌を取っておこう。

「あなたも変わっていませんよ。顔つきや態度には、歳相応の貫禄《かんろく》があるけど。ハンサムで、ボディーラインが引き締まってて、肌の色艶《つや》がよくて、実年齢より絶対に若く見えます！」

俺は本当にそう思っているんだけど、明彦さんは、なぜかますますショックを受けた。

「『実年齢』とか、『若く見える』とか言っている時点で、『実は若くない』ってことなんだよ？」

あ～～～、もう……いくらフォローしてもムダだ～～～。

いっそのこと、何もしないでおくほうがいいんだろうか？

でも、俺はいつも誕生日にお祝いしてもらっているし。ハデにみーくんの誕生日を祝っておいて、明彦さんのときだけ何もしなかったら、絶対ヘコむよ、この人。五年も一緒に暮らしていれば、それくらい解る。

そもそも彼にとって、自分の誕生日は両親の命日でもあるから、ナーバスになるのは、病気の発作《ほっさ》みたいなもの。

その証拠に、誕生日を過ぎたら、案外ケロッとしてるんだよね。

だから『落ち込みたいだけ落ち込ませておけばいい』と開き直ることにして、笑顔で明彦さんを送り出した。


そして夜。いつもより少し早い時間に、明彦さんの帰宅を知らせるインターホンの音がして、俺はみーくんと一緒に玄関でお出迎え。

「パパ、おかえりなさ～い！」

ドアが開いた瞬間、みーくんが大判の白い画用紙を、バーンと差し出した。

そこに描かれているのは、パパの似顔絵と、元気よくダンスしている『おたんじょうびおめでとう』という文字。

それを見た明彦さんが、ふんわりと頬を緩《ゆる》ませた。

「これ、光彦が描いてくれたのか？　ありがとう。上手だな」

上手といっても子供の似顔絵なので、全然似ていない。しかも福笑いみたいになってるんだけど、『一所懸命描きました』感は、ひしひしと伝わってくる力作《りきさく》だ。

うんっ！　と力いっぱい頷くみーくんの頭を、明彦さんが優しく撫でている。

「俺も今夜は、いつもより腕を振るいました。ケーキも焼いたんですよ」

ケーキがあって嬉しいのは、俺とみーくんだけかもしれないけど。ろうそくの火を吹き消すのは、誕生日のセレモニーみたいなものだから、ないと盛り上らないよね。

ちなみに今夜の夕食は、いい食材を、思いっきり手をかけて料理した、フレンチ風ディナー。

ケーキがあるから、一品ごとの量は控《ひか》えめにしたけど、品数と盛り付け方は、我ながら頑張ったと思うよ。

「すごいご馳走だね。ありがとう」

明彦さんが、見てニッコリ。食べてニッコリしてくれた。

「すごく美味しいよ」

「うんっ！　おいしー！」

みーくんも、明彦さんそっくりの顔で笑っている。

二人の笑顔が、俺には何よりのご褒美《ほうび》だ。

食事のあとでケーキにろうそくを立て、お約束の歌を歌って、誕生日の儀式をした。

「明彦さん、お誕生日おめでとうございます。これ、俺からのプレゼントです」

リボンをかけたギフトボックスを手渡すと、明彦さんが嬉しそうな顔で呟く。

「なんだろう。いい匂いがする……」

香りのもとはバラのポプリだ。

ポプリで作ったサシェの飾りに、明彦さんが気づいて俺を見た。

「これは……？」

「ウォーターオパールのタイタックです。『幸せを運ぶ神の石』と言われているパワーストーンだから、あとで外《はず》して、お守り代わりに使ってください」

「ありがとう、功一くん」

実はプレゼントはこれだけじゃないんだけど、今はまだヒミツ。


みーくんが眠りの海に船を漕《こ》ぎ出し、俺たちも一日の終わりを迎えたとき、俺は明彦さんの部屋を訪ねて秘密を打ち明けた。

「さっきは、みーくんがいたから黙っていましたけど……実はもう一つ、プレゼントがサシェの中に入っているんです」

「え？」

「ポプリの中に埋まっているから、探してください」

そう促がすと、明彦さんはそっとサシェを広げて中を探り、もう一つのプレゼントを見つけて俺に問いかける。

「……指輪……？」

「ええ。素人の手作りピンキーリングですけど」

「手作り……って、もしかしてこれ、功一くんが作ったとか？」

「そうです。シルバークレイで作ったペアリングで……」

俺は隠し持っていた自分のリングを取り出して、明彦さんにプレゼントしたリングと重ね合わせた。

「こうして二つ並べると……ほら。リングの模様がつながっているんですよ」

「本当だ」

一見意味のない交わった線の刻印が、二つの指輪を並べると、『メビウスの帯《おび》』の模様になる。『メビウスの輪』ともいう、一回捻《ひね》って輪にした帯には裏表がない。帯の中心を辿《たど》って二つに断《た》ち切ると、太さが半分で、長さが倍になった一つの帯ができるんだ。

俺は『裏表のない、切っても切れない関係でいたい』と願いを込めて、この模様を二つの指輪に刻印した。

ピンキーリングにしたのは、変わらぬ想いのお守りにしたいから。

明彦さんにプロポーズされたとき、マリッジリングをもらったけど、俺たちは『夫婦』といっても男同士の内縁《ないえん》関係。堂々とマリッジリングを嵌《は》められない。だからその代わりに、約束の指にペアリングを嵌めたいと思ったんだ。

「ありがとう、功一くん。大変だっただろう？」

笑って誤魔化したけど、実は何度も失敗した。シルバークレイは焼くと縮むから、なかなか思い通りのサイズになってくれないんだもん。

「嵌めてくれる？」

明彦さんにそう言われて、俺は恭《うやうや》しく彼の右手を手に取って、小指に銀の指輪を嵌めた。

うん。ジャストサイズだ。寝ている間に指を測《はか》って作ったとはいえ、ちゃんと入ってよかったよ。

ホッとして笑みをもらしたら、明彦さんも優しく微笑んだ。

「君の指にも嵌めてあげるよ。貸してごらん」

俺のリングを彼に渡すと、彼が同じようにして、俺の右手の小指に嵌めてくれる。

「こうして目を閉じると、まるで小指に赤い糸が巻きついているような錯覚《さっかく》を覚えるよ。最高の贈り物だ。一生大切にする」

俺がピンキーリングを贈った気持ち、明彦さんにも伝わったみたいで嬉しい。

「後生大事にしまっておかないで、ちゃんと使ってくださいね」

「もちろん。マリッジリングの代わりに使うよ。そのつもりでくれたんだろう？」

「はい」

「愛しているよ、功一くん」

囲い込むように抱きしめられて、互いにじっと見つめあう。

「俺もあなたを、誰よりも愛しています」

幸せそうに微笑む彼と同じように、彼の瞳に映る俺も、最高に幸せな顔で笑っているはずだ。

キスしたい。

そう思ったら、ゆっくりと顔が近づいてきた。

目を閉じると、唇が触れ合う。

彼の温《ぬく》もりに包まれて、心まで温かくなる。

こうして触れ合う喜びに、心が満たされ、想いがあふれて止まらない。

あふれる想いを汲《く》み取るように、彼が俺の唇を吸い、そっと舌を差し入れてきた。

口腔《こうこう》をなぞり、俺の舌を絡め取って情熱的に想いを伝えてくれるから、俺もそれに応えたくて、『愛している』と心を込めてキスをする。

長いキスのあと、目が合うと互いの笑みが深くなって、もっと彼に触れたくなった。

広い胸に頬をすり寄せ甘えると、彼の手が俺の髪を梳き、優しく頭を撫でてくれる。

幸福感が胸いっぱいに広がって、その気持ちを伝えたくてたまらない。

だけど言葉じゃ表せなくて、もどかしさが、彼にしがみつく腕の力を強くする。

俺を優しく愛撫していた彼の手が、次第に官能的な動きに変わっていく。

彼の熱で温められた俺の恋情が、欲望となって燃え始めた。

唇から、熱を帯《お》びた吐息が漏れる。

吐き出した熱を彼の唇に吸い取られ、二人抱き合ったまま、ふかふかのベッドにダイブした。

俺のパジャマのボタンを外《はず》し、はだけた胸をそっとなぞる彼の指先。くすぐったいようなその感覚が、ダイレクトに俺の官能を呼び覚ます。

彼が触れる場所から火がついて、どんどん欲望が燃え上がっていく。

「ああ……明彦さん……」

切なさに名を呼べば、彼の愛撫にも熱がこもる。

「ん……ああ……っ」

「可愛いよ、功一くん」

そう囁かれる度、嬉しくて胸が高鳴り、体が熱くなってしまう。

肌を覆うすべての衣服を脱がされて、この気持ちを隠すことはできない。

今さら隠す必要もなく、ありのままの自分を彼に捧《ささ》げるだけ。

「大好き……」

俺のすべてを捧げられるほど、俺は明彦さんを深く愛してる。

彼のためなら、どんな苦労も厭《いと》わない。彼が望むなら、どんなことでもしてあげたいんだ。彼は絶対に俺を傷つけたり、苦しめたりしないと信じてるから。

五年の月日をともに過ごして、明彦さんがどれほど俺を愛してくれているか、肌で、心で実感した。

愛する人に愛される。これほどの喜びがほかにあるだろうか。

彼の愛情は時とともに風化《ふうか》していくことはなく、枯《か》れることのない泉のように胸に満ちあふれ、瑞々《みずみず》しい若木《わかぎ》のように力強く成長し続けている。

俺は彼の愛情に潤《うるお》され、守られ、癒されて、いつも幸せでいられる。

だから俺も、彼を幸せにしてあげたい。

俺を想う彼の気持ちを体現している分身に、俺はそっと手を伸ばし、労《いた》わるように愛撫した。

「ああ……」

すでに昂ぶっていた欲望は、ますます漲《みなぎ》り、明彦さんの唇から、心地よさそうなため息がこぼれる。

「そんなふうにされると、我慢できなくなってしまいそうだ」

「我慢なんてしなくていいですよ。もっとあなたを気持ちよくしてあげたいから、俺にどうしてほしいか、言ってくれたらなんでもします」

素直な気持ちを口にすると、彼は困ったような、でも嬉しそうな顔をする。

「僕もそう思ってる。もっと君を可愛がって、気持ちよくしてあげたいんだ」

そう言って明彦さんは態勢を変え、俺と逆向きに横たわって、俺の分身に口づける。

心地よさにうっとりしながら、俺も明彦さんの股間に顔を埋《うず》めた。

口に含むと苦しいくらい大きな彼の欲望が、俺の胸を熱くする。

俺をこんなに愛してくれる明彦さんの一部だから、こうして愛してあげられることが嬉しい。

ましてやこれから、これが俺を快楽の海へ導いてくれるんだ。そう思うと、愛しさが何倍にも膨らんでいく。

期待を後押しするように、彼の指が俺の中に入ってきた。

彼の指はすぐに快楽のツボを探し当て、俺を夢見心地にさせる。

身も心も熱く蕩《とろ》けて、気が遠くなりそうだ。

前と後ろを同時に愛され、狂《くる》おしさに身悶えずにはいられない。

「ああっ、明彦さん……！」

昂ぶりきった俺の欲望は、今にも爆発寸前。

なのに、イキそうになったところで、突然愛撫の手が止まる。

肩透かしを食《く》わされて、俺は戸惑い、思わずおねだりしてしまう。

「お願い、明彦さん。もっと……もっと気持ちよくして。イカせて……」

それを聞いて笑みを漏らした彼の吐息が、俺の素肌をくすぐって、思わずゾクリと背筋が震えた。

ほかの誰にも暴《あば》かれたくない秘密の場所——谷間の蕾《つぼみ》に口づけられ、熱く柔らかく湿《しめ》ったものが、そこから中へ入ってくる。

こんなところまでキスされて、恥ずかしいのに、気持ちよくてたまらない。

「あ……はぅ……んっ」

切なく喘《あえ》ぐと、ますます情熱的なキスをされ、淫《みだ》らな音がした。それすら官能につながるほど、俺は昂《たか》ぶりきっている。

「も……いいから、早く来て……！」

彼にこの身を貫かれたい。

貫かれて、深いところでつながって、悦びを共有したい。

明彦さんも同じ気持ちだったんだろう。

「僕ももう限界だ。君の中で達《い》きたい……」

そう言って俺の中に欲望を埋《うず》め、いつもより性急に動き始めた。

けれど俺も、激しいくらい愛されたいと思っていたから、むしろそうなるように彼を煽っていたのかもしれない。

「あ……っ、ああんっ、イイ……。そこ、もっと……」

彼の動きに合わせて腰を振り、貪欲《どんよく》なまでに快楽を貪《むさぼ》る——そんな自分を見せても呆れられたりしないって、判っているから、彼の前ではリラックスして大胆に振舞《ふるま》える。

互いの腰の動きに合わせて、彼の分身を受け入れている場所を締めつけると、ため息混じりのセクシーな声が聞こえてきた。

「……すごいよ、功一くん。最高だ……」

それが呼び水となって、俺は絶頂《ぜっちょう》を迎え、彼もあとを追うように、俺の中で快楽の飛沫《しぶき》を迸《ほとばし》らせる。

目眩《めくるめ》く官能の余韻に浸っている俺の中で、同じようにリラックスしている彼の分身。

それを抜こうと彼が静かに腰を引き、不意に起こった摩擦に反応して、俺の内壁が収縮した。まるで彼を逃《の》がすまいとするかのように。

「う……」

明彦さんが『たまらない』と言いたげに呻《うめ》いた。

ついさっき絶頂を迎えたばかりなのに、彼の分身はすでに勢いを取り戻し、俺の中で力強く脈打っている。

「もうこんなになってしまった。君のせいだよ」

明彦さんは俺の耳元で囁きながら、『どんなになったか』見せつけるように、軽く腰を揺すって中を突く。

「ア……ッ！」

擦られ続けたそこは敏感になっていて、俺は悲鳴にも似た声を上げて身を震わせた。

「感じているね。君も一度じゃ足りないんだろう？」

体はグッタリしているのに、俺の分身は再び萌《きざ》し始めている。

もう一突き加えられると、完全にその気になってしまった。

それを見て笑った彼が、本格的に行為を再開する。

「あうっ！　ぅああ……んっ！」

中を擦られ、突かれる度に、苦しいくらい感じてしまう。それがよくて、もっと激しく責められたくて、俺は思わず彼に縋《すが》りつく。

「明彦さ……ん！」

不意に彼が動きを止めて、力強く俺を抱き返してくれる。その腕の温もりが俺の胸を熱くして、涙となってあふれ出た。

頬を伝《つた》う雫《しずく》を、彼の唇が優しく拭《ぬぐ》い、目尻にキスして静かに微笑む。

「愛しているよ、功一くん」

胸に響く愛の言葉。

それを聞く度、また泣きそうになってしまって、微笑む彼の唇が、掠めるように何度も頬を滑っていく。

「可愛い君を泣かせることはしたくない。そう思うのに、今はもっと泣かせてみたいと思ってる。こんな意地悪な男でも、愛してくれるかい？」

その問いに、俺は精いっぱい頷いた。

「意地悪じゃ……ないです。だって俺も、あなたになら、泣かされたい……」

彼に抱かれて涙が出るのは、幸せだから。

あんまり幸せすぎて、胸が苦しくて、泣きたくなってしまうんだ。

「もっと……ひどくされてもいい……。あなたが欲しい……」

素直な気持ちを言葉にすると、明彦さんが苦笑する。

「そんなふうに言われたら、何度でも君を抱きたくなるだろう」

「それでもいい……」

そう答え、すぐに違うと気がついて、彼を見つめて訂正した。

「……何度でも、あなたが満たされるまで、抱いてください……」

抱かれすぎるとあとがつらいと判っているけど、今夜はそれでも構わない。そう思うほど心が昂ぶっていて、このままじゃ眠れそうにない。

「君って人は、どうしてこんなに可愛いんだろう」

そう言って明彦さんは、再び動き始めた。

寄せては返す波のような彼の愛に翻弄されて、今にも溺れそうだ。

「はあっ！　ああ…っ、ああんっ！」

俺は感じて身悶えながら、彼にぎゅっとしがみつく。
彼が俺の腰を抱き寄せ、いっそう激しく突き上げる。
「アアアアア……！」
目の前がスパークして、一瞬意識が遠ざかった。
気がつくとまた、官能の海に沈められ、一瞬の死と再生を繰り返す。
「愛しているよ、功一くん」
甘く優しく囁いてくれる彼の温かい腕の中が、俺にとって、一番居心地のいい場所。
叶うなら、生涯《しょうがい》ずっと、こうしてあなたに抱きしめられて、愛されて生きていきたい。
そして彼を、生涯愛し続けたい。
死が別かつとも。
死してなお。
俺の人生は、あなたとともにある。

4. 幸せなサンタクロース

もうすぐクリスマスがやってくる。

俺は今年、絵本作家としてデビューするという大ラッキーに恵《めぐ》まれた。

だからクリスマスには、いつも俺を支えてくれるみんなに、幸運のお裾《すそ》分《わ》けがしたい。

感謝の気持ちを伝えるには、心のこもった『ありがとう』という言葉が一番だけど。プレゼントを贈れば、気持ちを形にできるじゃない？

だから明彦さんと、みーくんと、俺の実家の家族に、ステキなプレゼントを贈りたい。

ラッキーチャンスを運んでくれた啓介くんにも、何かお返しがしたい。

いつもお世話になっている平井さんや金成さんにも、心のこもったプレゼントで、感謝の気持ちを伝えたいんだ。

みんな、何をあげたら喜んでくれるだろう？

大切な人たちが喜ぶ顔を想像して、プレゼントするものを考えながら街を歩くと、とても楽しい気分になる。

幸せを運ぶサンタクロースは、こんな幸せを感じながら、クリスマスの夜空を飛び回っているんだろうね。

ワクワク胸を弾《はず》ませながら、俺はまず、一番喜ばせたい人の顔を思い浮かべた。

明彦さんは身嗜《みだしな》みに気を遣う人だから、仕事に行くときのスーツや小物は、本人が質のいい物を選んで買っている。フォーマルな服にも、スーツにも縁《えん》がない俺は、何を選んでいいのか判らないし。衣類や小物をプレゼントするなら、普段着にするべきだ。

ニットの衣類は、平井さんが手編みの品をプレゼントしてくれるかもしれないから、避けたほうがいい。

すぐになくなる消耗品じゃなくて、不用品にならず、ちゃんと使ってもらえるもの。

いっそペアパジャマなんてどうだろう？

俺自身にも、頑張ったご褒美だ。プレゼントがあってもいいじゃないか。

みーくんにもパジャマをプレゼントして、クリスマスの夜はみんな、ステキな夢が見られそうな、新しいパジャマで眠るんだ。

父さんには、風邪を引いたりしないように、暖かいセーターを贈ろう。

母さんには品よくオシャレなストールを。

家事と子育てと仕事で忙しい詩織姉ちゃんには、暖かい素材のスモックがいい。

マニアックなお義兄《にい》さんには、発光《はっこう》ダイオードでオーロラを作り出す癒しグッズだ。クリスマスの夜、家族でオーロラを眺《なが》めて楽しんでくれたらいいな。

可愛い双生児《ふたご》の甥っ子には、『みーくんがすごく喜んでくれたから、恐竜が作れるブロックを、ケンカしないよう一つずつプレゼントする』と、詩織姉ちゃんに言ってある。二人で見せっこしながら、自分の好きな恐竜を組み立てて遊んでほしい。

両親と姉ちゃんたちへのプレゼントは、十二月十五日発売となる俺の三冊目の絵本と一緒に、十二月二十四日午前中の指定で、実家の美容院に届くよう手配した。

我が家のクリスマスパーティーにご招待する方たちへのレゼントは、俺の部屋のクローゼットに隠している。

平井さんご夫婦と金成さんは、パーティーに来てくれたとき渡すつもり。

でも啓介くんは、大学の友達に合コンに誘われ、そっちへ行くことにしたそうだ。午後イチで出かけるらしいから、朝お隣へ持って行くことにした。

隣家のインターホンを鳴らすと、平井さんが玄関に出て応対してくれる。

「啓介は今、出かける仕度をしているところよ。ちょっと待ってね」

俺にそう言って、今度は啓介くんを急《せ》かすように、大きな声で名前を呼ぶ。

するとすぐに啓介くんが現れた。

「まあ！　歯ブラシを銜《くわ》えたまま出てくる人がありますか！」

驚いて叱《しか》る平井さんの声など、啓介くんは誤魔化し笑いで右から左へ聞き流す。

「何？　コーイチ」

「何って、クリスマスだから、プレゼント持ってきたんだよ」

俺のセリフを聞いた途端、啓介くんは極《きま》り悪げな顔をした。

「あっ、ワリ。オレ、パーティー欠席するから、プレゼント用意してないや」

「そんなの期待してないって。コレは幸運のお裾分け。啓介くんが絵本コンテストに応募するよう勧めてくれたから、生き甲斐《がい》になる仕事ができて、お金を稼《かせ》げるようになったでしょ。すごく感謝してるんだ。ありがとう」

感謝を込めて頭を下げると、啓介くんは少し照れくさそうに微笑む。

「生真面目《きまじめ》だな、コーイチは。でも嬉しいよ。そういうことなら、遠慮なくもらっとく。ありがと」

自分が大切だと思う人から『ありがとう』って言われると、どうしてこんなに嬉しい気持ちになるんだろう。

「今すぐ開けてみていい？」

「うん」

俺としては、そのほうが嬉しい。目の前で開けてくれたら、啓介くんの反応を見ることができるから。

ラッピングを開いた啓介くんは、一瞬『なんだろう?』という顔をして、でもすぐに、その用途に気づいたようだ。

「携帯ケース?」

「うん。有益な情報をくれた啓介くんには、携帯電話を保護するケースがいいような気がして、レザーの携帯ケースにしたんだ」

「すっげオシャレじゃん。気に入ったよ。早速今日から使わせてもらう」

そう言った啓介くんの笑顔は本物で、贈った俺も嬉しくなった。

「じゃあ俺、パーティーの準備があるから、帰るね。啓介くんも、クリスマスを楽しんできて」

「そっちもな。メリークリスマス!」

啓介くんの後ろから、平井さんも声をかけてくれる。

「功一くん、午後からパーティーの準備を手伝いに行くわ」

「ありがとうございます、平井さん。またあとで」

俺はお隣をあとにして、自宅へ戻った。

さあ、グズグズしている暇《ひま》はないぞ！

飾りつけは、十二月に入ってすぐやっているから、あとは料理とテーブルセッティング。

クリスマスだから、メインはローストチキンだ。

彩りのいいオードブルや、温野菜のサラダもないとね。

金成さんは卵料理が好きらしいから、ふんわりと口当たりのいいココットも作ろう。

寒いから、スープもメニューに加えたい。

ご飯ものは、一口サイズの変わりおにぎり。みーくんのお弁当を作るときに使っている、可愛い形のおにぎり型で、和・洋・中と、いろんな味のおにぎりを作るんだ。おにぎり自体を味つきにすれば、カラフルなおにぎりができて、豪華に見えるじゃない？

すでに冬休みに入っているみーくんは、慌しく働いている俺のそばで、「おてつだいするる！」と張り切って浮かれ騒ぐ。

「じゃあこれ、混ぜ混ぜして」

「うんっ！」

幼稚園の年長さんになると、結構いろんなことが上手にできるようになってきた。三年前とは大違いだ。たとえ上手にできなくても、楽しみながらいろんなことにチャレンジして、経験を積んだ成果が確実に現れている。

子供の成長を嬉しく思いながら、幸せな気分で料理の下拵《したごしら》えをしていると、昼前くらいに、母さんから『プレゼントが届いた』とお礼の電話がかかってきた。

母さんに続いて、双生児が交代でプレゼントのお礼を言い、詩織姉ちゃんに代わった。

『功ちゃん、可愛いスモックありがとう。母さんの荷物に便乗《びんじょう》して、うちからもプレゼントを送ったの。午後二時以降に届くと思うわ』

「ありがとう。届いたら電話するよ」

『いいわよ、明日で。今日はパーティーの準備で忙しいんでしょ？　うちの美容院も予約でいっぱいだし。父さんと大空は夜まで帰らないから』

「じゃあ明日ね」

用件だけ話して電話を切り、俺は再びみーくんと、チャーハン、ドライカレーライス、チキンライス、ワカメご飯、梅ご飯のおにぎりを作り、昼食代わりに味見しながら、ご飯がなくなるまで、どんどんおにぎりを作っていく。

オードブルとサラダも、昼過ぎから来てくれた平井さんと一緒に作った。

実家からの宅配が届いたのは、夕方になってから。

箱を開けてみると、両親からは、フレーバーティーセットと、家庭用ゲーム機が。詩織姉ちゃんからは、お菓子のクリスマスギフトと、ゲームソフトが入っていた。

俺としては、ゲームに夢中の子供になって欲しくないんだけど――みーくんは嬉しそうだし、もらったソフトは家族で遊べる内容だから、明彦さんも、案外喜ぶかもしれない。

いつの間にか外がすっかり暗くなり、料理の準備も終わっていた。

平井さんがふと、時計を見て呟《つぶや》く。

「そろそろうちの人が、会社帰りに金成さんを迎えに行っている頃ね」

「明彦さんも、『定時には帰る』と言っていましたから、もうそろそろです」

と話しているうちにインターホンが鳴り、急いでお出迎えすると、時間通り帰宅した明彦さんが、玄関の外に立っていた。

「お帰りなさい、明彦さん」

「ただいま」

明彦さんの後ろに金成さんもいる。なのに、平井さんの旦那さんがいない。

あれ？　と思った俺の様子に気づいて、明彦さんが言う。

「マンションの前で、平井さんたちと会ったんだ。平井さんの旦那さんは、プレゼントを取りにご自宅へ帰られた。すぐ戻るそうだよ」

明彦さんの言う通り、平井さんの旦那さんが、両手に紙袋を持ってお隣から出てきた。

「お待たせしてすみません」

「いらっしゃい、平井さん、金成さん。メリークリスマス！　パーティーの準備ができていますよ。中へどうぞ」

促すと、二人とも頭を下げつつ、靴を脱いで上がってくる。

「どうもどうも」

「本日はご招待いただきまして、ありがとうございます」

「おじちゃん、おじーちゃん、こっち、こっち！」

みーくんが、予《あらかじ》め教えてあった『お客さんの席』に二人を案内してくれた。

部屋の照明を少し落として、キャンドルに火を点《とも》せば、クリスマスの飾りつけをした我が家のリビングが、いつもと違う『幻想的な空間』に変化する。

ＢＧＭは、俺が編集したクリスマスソングメドレー。最初に流れるようセレクトしたのは、最もポピュラーで陽気な『ジングルベル』だ。

「メリークリスマス！」

乾杯とともに宴が始まる。

今日は啓介くんがいないから、ちょっと賑《にぎ》やかさに欠《か》けるけど。それでも六人集まれば、楽しい晩餐《ばんさん》だ。

「今夜もすごいご馳走ですな。こんな賑やかな食事は、みーくんの誕生日以来です」

大きなお屋敷で一人暮らしの金成さんが、しみじみとそう呟き、俺も心から『ご招待してよかった』と思う。

みんなで楽しく食事したあと、大きなクリスマスのデコレーションケーキを出すと、甘い物が大好きなみーくんは大喜び。

「わーい！　ケーキだ！」

「ケーキを切る前に、プレゼントを渡すから。その間、きれいなケーキを見て楽しもうね」

「うんっ！」

そこで俺は席を外し、今日まで部屋に隠していた、クリスマスのラッピングをした箱を持ってきた。

「では、みなさんに、俺からのクリスマスプレゼントをお渡しします」

まずは、お世話になっている平井さんに。

「お風呂の癒しグッズです。これから年末の大掃除で忙しいから、LED《エルイーディー》ライトの綺麗な光と、心地いい香りに包まれた空間でリラックスして、疲れた体と心をリフレッシュしてください」

「ありがとう、功一くん。早速今夜から使わせてもらうわ」

今度は、ニッコリ笑顔になった平井さんの隣にいる、旦那さんにプレゼント。

「こっちは、ハンディータイプのマッサージ機です。ご夫婦仲良く使ってください。電池で動くから、職場で使うこともできますよ」

「ありがとう。ちょうどそういうのが欲しいと思っていたところだ」

そう言ってもらえると、すごく嬉しい。

「ペットを買っている金成さんには、空気清浄機能を供えた消臭インテリアです」

「いつもありがとう。この間持って来てくれたサンタクロースの絵本も、とても綺麗で、心が温かくなったよ。ありがとう」

十二月新刊は、見本誌が届いてすぐ、平井さんと金成さんに、サインして届けている。

平井さんたちも、俺の絵本を褒《ほ》めてくださった。

「本当に、ステキな絵本だったわ。主人公の男の子、すごく可愛いのよね。ちょっとみーくんに似ている感じ」

「そうそう。それに、我が子を見守る両親の表情も、愛情が感じられて感動的だった」

「喜んでいただけたなら、俺のほうこそ嬉しいです」

そこでみーくんも、『会話に混ぜて』と言わんばかりに必死で主張する。

「みーくんも！　こーぃちくんのえほん、だいすき！　ようちえんにもっていったら、せんせいもみんなも、すご～くよろこんでたよ！」

実は俺、みーくんの幼稚園にも、一冊寄贈したんだよね。

それを見た園児たちのお母さんが、『親戚や友達の子供にプレゼントしたいから』って、何人も『俺にサインして』と頼みに来た。もちろん、わざわざ絵本を買って、幼稚園に持って来てくれたんだ。なんだか気恥《きは》ずかしくて困ったけど、やっぱり嬉しかったよ。

「みーくんと明彦さんへのプレゼントは、パジャマにしました。実物を見るのは、『お風呂上りのお楽しみ』で～す。今夜はみんなで新しいパジャマを着て、いい夢を見ましょう」

実は『いい夢を見られるように』と、パジャマも寝具も、リネンウォーターでほんのり香りづけしているんだ。

「ありがとう、功一くん」

「ありがとー！」

俺に続いて明彦さんが、平井さんと金成さんに、金券らしき包みを渡して言う。

「僕からのプレゼントは、老舗《しにせ》料亭の食事券です。どうぞ」

平井さんたちのお礼の言葉を受けたあと、明彦さんは俺とみーくんに視線を移す。

「功一くんと光彦は、明日の夜、連れて行ってあげるよ」

「やったー！　老舗料亭でお食事だって！」

たまには上げ膳据《す》え膳も楽で嬉しい。

俺が大喜びしていると、みーくんも『老舗料亭』がどんなところか判っているのか怪《あや》しいけど、小躍《こおど》りして喜んでいる。

「次は私から、みんなにプレゼントを贈らせて。手編みのマフラーなの。よかったら使ってくれると嬉しいわ」

そう言って平井さんが、旦那さんが持ってきた片方の紙袋から、リボンをつけた包みを取り出した。

俺がもらった包みのリボンは赤。明彦さんは青。みーくんは緑。金成さんは金。

平井さんにお礼を言って、早速その場で開封すると、みーくんのは可愛らしいグリーン系のボンボンマフラーで、俺のはきれいなオレンジ色。ショールみたいなケーブル編みの、ポケットつきロングマフラーだ。

「あれ？　おそろいじゃないんですね」

「ええ。みんな違うマフラーなのよ。使ってくれる人に合わせて、変えてみたの」

明彦さんは、多色使いの青系ラッセルマフラー。金成さんは、色はシックな茶系だけど、凝《こ》った編み柄のマフラーだ。

「すごい！　色もデザインも全部変えるなんて、大変だったでしょう？」

俺の問いに、平井さんは笑って首を横に振る。

「同じマフラーをいくつも編むより、似合いそうな色を選んで、みんな違うデザインで編むほうが楽しいわ」

「心のこもった、温かい贈り物をありがとう」

涙ぐんでいる金成さんに、今度は平井さんの旦那さんが、大き目の紙袋を差し出した。

「私からは、半纏《はんてん》です」

「ありがとう。今年の冬は暖かくすごせそうです。本当にありがとう」

金成さんのお礼の言葉に微笑んで、平井さんの旦那さんが別の袋を開いて言う。

「みーくんにはサンタのブーツだ！」

「ありがとー、おじちゃん！」

すごく大きいお菓子の詰め合わせをもらって、みーくんは瞳をキラキラさせている。

「大沢《おおさわ》くんと功一くんには、ワインにしたよ。二人に一本で申し訳ないが、仲よく飲んでくれたまえ」

高級ワインを手渡され、明彦さんの瞳もキラキラ輝いた。

「これは……いいワインを、ありがとうございます！」

「いつもいろいろ、ありがとうございます」

そして最後に金成さんが、持って来られた紙袋を開いて言う。

「私も皆さんに、クリスマスプレゼントを持ってきましたよ」

一番に取り出したのは、おもちゃ屋さんの包装紙でラッピングしてある箱。

「これはみーくんに」

「ありがとー！」

金成さんがくれたのは、男の子に人気があるカードゲームのギフトボックスだった。

「みーくん、これほしかったの！　ありがとー！　おじーちゃんだいすき！」

みーくんはよく、啓介くんや幼稚園のお友達と、一緒にジロのお散歩をしたり、金成さんのお宅へお邪魔したりしている。だから金成さんは、みーくんが欲しがっているものをご存知《ぞんじ》だったんだろう。

「次は功一くんじゃ。いつもこの年寄りを気にかけてくれて、ありがとう。何を買えばいいか判らないから、文具券にしたんじゃが……これで絵の材料を買って、これからも子供たちが喜ぶような、ステキな絵本を作ってください。楽しみにしていますよ」

金成さんは、俺に一万円分も文具券をくださった。

「ありがとうございます。頑張ります」

金成さんの期待に応えるためにも、いい作品を作り続けよう。

俺にくださった文具券と同様の包みを、金成さんは、明彦さんと平井さんご夫妻にも渡された。

「大沢くんと、平井さんご夫妻には、ギフト券を贈ります。年寄りの趣味で選ぶより、これで好きなものを注文していただくほうが、まだよかろうと思いましてな」

明彦さんと平井さんたちがお礼を言って頭を下げたあと、今度はみーくんが、ポケットから名刺サイズの画用紙の束《たば》を取り出した。

「みーくんも、プレゼントなの！　はい、こーぃちくん！」

みーくんが俺にくれたのは、『おてつだいけん』と書いてある紙片《しへん》十枚。

「みーくん、なんでもおてつだいするから、ゆってね！」

思わず笑顔がこぼれてしまう、可愛らしいプレゼントだ。

「パパにも、はい！」

「なんて書いてあるの？」

明彦さんの手元を見て、俺は爆笑してしまった。

「なんだ、これは！」

明彦さんは呆《あき》れた様子で脱力している。

なんと、みーくんのパパへのプレゼントは、『あそんであげるけん』十枚だったんだ。

「おじーちゃんには、これ」

金成さんへのプレゼントは、『かたたたきけん』十枚。

「これはひらいのおばちゃんと、おじちゃんに」

平井さんご夫婦には、『おてつだいけん』と『かたたたきけん』を、一人に五枚ずつ。

「なんでパパだけ『あそんであげるけん』なんだ？」

明彦さんは、納得できない様子でムッとしている。

「あなたが一番喜ぶものをプレゼントしたんじゃないんですか？　ねえ、みーくん」

俺がそうフォローすると、みーくんもニッコリしながら大きく頷いた。

この笑顔を見ちゃったら、もう文句なんか言えないよねぇ……。

「しょうがないな。そんなにパパと遊びたいなら、『あそんであげるけん』を使ってやるか」

そこでみんなが笑顔になって、最後にクリスマスケーキを切り分けて食べた。

「今日はとても楽しかった。ありがとう。ジロが帰りを待っておるから、わしはそろそろお暇《いとま》するよ」

　金成さんがそう言って腰を上げ、俺も慌てて立ち上がる。

「じゃあ、俺が車でお送りします。今夜は荷物がたくさんあるし。夜道は寒いし。暗くて危ないですから」

　そのつもりで、俺は乾杯したときも、アルコールを飲まなかった。

　もっとも夕飯の後片付けがあるから、いつもなるべく『一日が終わったとき』しか飲まないようにしているんだけどね。

「じゃあちょっと出てきますけど、平井さんたちは、どうぞごゆっくり」

「いってらっしゃい、功一くん」

　笑顔で見送ってくれた平井さんは、俺が金成さんを送り届けて帰宅するまでに、ほとんどの食器を片付けてくれていた。

　明彦さんと平井さんの旦那さんは、片付けを終えた平井さんが声をかけるまで、ご機嫌でお酒を飲んでいたようだ。

「じゃあ功一くん、大沢くん。私たちもこれで……」

「今日も楽しかったわ。ありがとう」

「今度は正月に、一緒に初詣《はつもうで》に行きましょう」

お隣へ帰っていく平井さんご夫妻を、お見送りしたのは明彦さんと俺だけ。みーくんはすでにソファーで舟を漕いでいる。

「ほら、光彦。目を醒《さ》まして、風呂へ入ってから寝よう」

明彦さんがみーくんを起こしてお風呂に入り、俺は少し経《た》ってから、二人の新しいパジャマを籠《かご》に入れて、脱衣所へ持って行った。

今夜はカラスの行水《ぎょうずい》だったらしく、俺がいることに気づいた明彦さんが、早々に「あとは頼む」と、みーくんを俺に渡す。

新しいパジャマを着せてあげると、みーくんはすぐ匂いに気づいて、不思議そうな顔をした。

「……このパジャマ、おはなのにおいがするよ?」

「うん。みーくんが今夜、いい夢を見られるように、おまじないをしておいたの」

そう言ったら、みーくんはトロンとした顔でニヘ～ッと笑う。

みーくんをベッドに寝かせ、枕元にサンタさんからの――つまり明彦さんからのプレゼントをこっそり置いて、リビングに戻ると、明彦さんもお風呂から上がっていた。

「僕のパジャマにも、『いい夢が見られるおまじない』をしてくれたんだ?」

「聞こえてたんですか？」

ごきげんな明彦さんは、パジャマの匂いを嗅《か》ぎながら問う。

「この香りは何？」

「バラのリネンウォーターです」

「ステキだね。今日は疲れただろう？　君も早く、お風呂に入っておいで」

「ええ。今夜はあなたのところへ行きますから、待っていてくださいね」

俺がそう言うと、明彦さんはますます嬉しそうな笑顔になる。


俺のほうから『待っていて』と言ったからには、あまりのんびりできないけど。俺は念入りに体を洗い、身嗜みを整えて、リビングに戻った。

「お待たせしました」

すると明彦さんが待ちかねたように立ち上がり、「行こう」と俺の肩を抱く。

俺たちは寄り添い、明彦さんの寝室へ移動した。

今夜はクリスマスイルミネーションで、彼の寝室の窓辺を飾りつけている。

ロマンティックなムードたっぷりの薄暗い部屋で、俺たちは互いの瞳を見て微笑み合い、甘く優しく抱《いだ》き合う。

「ステキな夜だね。ありがとう、功一くん。君がいてくれるから、僕はいつも、我が家に帰るのが楽しみだ。僕にとっては君の存在そのものが、最高のプレゼントだよ」

明彦さんのその言葉が、俺の心を至福《しふく》で満《み》たし、喜びが微笑みとなってあふれ出す。

「俺にはあなたの存在が、神様がくれた最高のプレゼントです」

愛——それは互いを労わる心。

労りが生み出す優しさの中から、感謝の気持ちが生まれてくる。

奇跡のようなこの幸せを、ありがとう。

幸せな日々が、このままずっと続けばいいのに——。

その想いが希望となって未来を生み、夢を叶えていく。

互いを思う心を大切にすれば、ずっと幸せでいられる夢は、きっと叶うだろう。

けれど俺たちは知っている。報《むく》われない想いがあることも。互いを労わる心がなければ、幸せはすぐに壊れてしまうことも。

だからこそ、変わらぬ愛が『奇跡』であることを知っているんだ。

明彦さんが俺の目を見て静かに言う。

「まずは、平井さんにいただいたワインで、幸せなこの夜に乾杯しようか？」

俺が頷くと、明彦さんは優雅な身ごなしでワインを開け、芳《かぐわ》しい宝石のようなまったりとした液体を、デキャンタに注いでグラスに注ぎ分ける。

「メリークリスマス！」

グラスを掲げた明彦さんの仕草を真似て、俺も祝福の言葉を唱和《しょうわ》する。

そして互いに見つめ合い、ゆっくりワインを飲み干した。

明彦さんは空のグラスをテーブルに置き、俺もグラスを置いて再び抱き合う。

「君の取っておきのプレゼント、僕にくれるかい？」

「もちろんです。あなたの取っておきのプレゼントも、俺にくれるんでしょう？」

「君のほかに誰がいるの」

お互いクスクス笑いながら、そっと唇を触れ合わせた。

芳しいワイン味のキスが、俺の身も心もうっとりと酔わせる。

「愛しているよ、功一くん」

「俺も……愛しています、明彦さん」

俺たちはそっとベッドに横たわり、ほのかなバラの香りに包まれた。

愛する人に愛され、抱かれる喜びが、この胸を熱くする。

心に愛の灯がともり、俺たちは二人、夢の世界へ旅立った。静かなるこの聖夜に——。

END.

あとがき

大変長らくお待たせしました。諸事情により、今回からＣＪ《シージエイ》 Ｍｉｃｈａｌｓｋｉ《ミチャルスキー》先生のイラストに変わり、十カ月ぶりに旦那さんシリーズをお届けします。

コミケに行ったら、（といっても、冬コミ前後は病院がお休みなので、本人は夏コミしか行ったことないですが）必ずＣＪ Ｍｉｃｈａｌｓｋｉ先生の同人誌を買いに行くほど大ファンで、一昨年《おととし》の夏コミで先生にお会いして、「いつか挿絵《さしえ》を描いていただくのが夢です！」と言っていたんですよ。まさか本当に夢が叶《かな》うなんて感激です！

まだどんな感じになるのか見てないんですが、きっと先生が描いてくださるみーくんも功一《こういち》も、凶悪なほど可愛らしいでしょうねぇ♡

マニアなくらい愛妻家の大沢《おおさわ》も、ちょっとイッちゃってるけど渋くてカッコいいステキな旦那さんになると思います（笑）。できあがった見本誌が届くのがとっても楽しみです！

ちなみに、旦那さんシリーズで一番の人気キャラは、ＢＬ小説なのに、なぜかみーくんだったりします。読者さんの熱いコールにお応えして、昨年十一月発行のセシル文庫【薔《ば》薇《ら》の海賊旗《かいぞくき》】には、みーくん幼児期の番外編を書き下ろしたペーパーが付録《ふろく》でついています。「そんなの知らなかった！」という方は、ぜひこれから【薔薇の海賊旗】をお求めください。気位《きぐらい》が高くてワガママだけど純情可憐《かれん》な貴族の三男坊サフィールと、オレ様だけど女子供には優しくて、勝気《かちき》な美人のサフィールに一目惚《ぼ》れして恥ずかしいセリフで口説きまくる海賊《かいぞく》ブラッドのロマンスも楽しめます（笑）。

功一のような家庭的なカワイコちゃんも好きなんですが、実は私、なかなか懐《なつ》いてくれない強気な子猫ちゃんを飼い馴《な》らすシチュエーションに激しくそそられます♡

この本が半年ぶりの新刊となりますが。同人誌に至《いた》っては、昨年五月に父が肺癌《はいがん》手術を受けて以来、まったく新刊を発行していません。サイトもリニューアルしかけたまま放りっぱなしです（夏コミに行けなかったのは、本人が階段から落ちて怪我《けが》をしたせいですが）。

父は手術後、ものすごい生命力でいったん回復していました。このまま元気になってくれるだろうと見込んで、本当は冬コミ合わせの新刊を出すつもりで、ペーパーを入稿し、印刷所に予約も入れて、原稿を書いていたんです。

でも、十一月下旬に癌が再発したと判明し、同人誌どころではなくなってしまいました。

父は心臓と肝臓《かんぞう》が（小康《しょうこう》状態を保《たも》ってたけど）かなり弱っていて、抗癌剤《こうがんざい》は命を縮める危険があるので、予防的治療は見合わせていたのです。すでに肺の四分の一を切除《せつじょ》しているので、もう抗癌剤治療しか打つ手がありません。

治療のための入院予定を決めたときは、まだ自力《じりき》で歩いて、車でウロウロ出かけていたのに。友達の葬式《そうしき》に行ってから、急に体調が悪くなったみたいで。入院予定を一日繰《く》り上げ、術後患者が入る病室に入れてもらったんですが。それからますます容態《ようたい》が悪化して、「もう抗癌剤を打てる状況ではなくなった」と電話を受けた当日に、医師の見立てより早く、母が待つ彼岸《ひがん》へと旅立ちました。

肺癌再発を知って、僅《わず》か十五日。まさかこんなに早く逝《い》くとは思いませんでしたけど。長く苦しまず、静かに眠るような最期《さいご》でしたから、おそらく天寿《てんじゅ》を全《まっと》うしたのでしょう。

その後は目が回るほど忙しくて。葬式を出すのは二度目だけど、今度は私が喪主《もしゅ》なので、母のときより大変です。告別式で挨拶《あいさつ》したのですが……人前でスピーチするのは初めてで。葬儀屋《そうぎや》さんが用意してくれた原稿を読むだけなのに、思いっきり緊張しました。

しかも読んでいる最中、な～んか会場の様子がおかしくなって、焦《あせ》るあまり後半は噛みまくり。それでもどうにか読み終えたあと、ようやく理由が判りました。あちこちからざわめきが聞こえてきたんです。

「今、五十七歳言わんかったか？」「五十七歳言うた」「五十七歳言うたぞ」以下略……。

そう。行年《ぎょうねん》七十五歳と言うはずのところを、うっかり五十七歳と言ってしまったんです。

本人は正しく読んだつもりだったので、ざわめかれるまで気づきませんでした。

遺影《いえい》の父が苦《にが》笑いしながら『ほんまにお前はポンスカじゃのう』と語りかけてきます。

席に戻ると、双生児《ふたご》の姉がしゃくりあげるように肩を震わせていました。

「お母ちゃんのときは大泣きして、お父ちゃんのときは大笑いさせられたわ！」

「ホンマよ。この子ひきつけ起こすか思うた。でも、お父ちゃんの性格なら、泣かれるより、笑うてくれるほうがええんと違う？」

あとでさんざん文句を言われ、呆《あき》れながらも長姉はフォローしてくれましたが。従兄《いとこ》にまで「五十七歳やもんなぁ」とからかわれましたよ。きっと一生言われると思います。

小学校六年生のときも、似たようなことがありました。社会の教科書を読まされて、藤《ふじ》原鎌足《わらのかまたり》を「かたまり」と読み間違え、卒業するまで呪《のろ》いのように繰り返し「かたまり」と言われ続けていたものです（でも緊張すると言い間違えるよね？）。

父が亡くなってからは、いろんな方が弔問《ちょうもん》に来て、昔話を聞かせてくださいました。

若かりし日の父が、東西を二分する『西の番長』だったことは、両親から聞いて知っていたんですが。過去を知る親戚や友人知人から、「え～っ、そんなことまでやってたの？」

と驚くような話が次から次へと飛び出して、唖然《あぜん》としてしまいました。「何度も新聞沙汰《ざた》を起こし、親兄弟を泣かせてきた男が、まさかこんなふうに更生《こうせい》して、ゼロからのスタートでここまでの暮らしができるようになるとは思わなかった」と、叔母《おば》たちは言います。

母に恋して更生するなんて――まるで不良の純愛漫画みたいな青春ですけど。一度貼《は》られた不良のレッテルを剥《は》がすのは、並大抵の努力ではできなかったでしょう。それでも人は、本人が「変わろう」と思えば変われるのだと、父は身をもって教えてくれました。

私は父に叩《たた》かれたことすらありません。「暴力を揮《ふる》ったら即離婚よ!」と母に言われていたから、どんなに腹が立つことがあっても、グッとこらえていたようです。

行年五十三歳で没《ぼっ》した母の遺影を見て、葬儀屋さんが思わず「お母さん、すごくきれい。野際陽子《のぎわようこ》さんみたい」と言いましたが。本当に、野際陽子さんを見ていると、思わず慕《した》わしい気持ちになるくらい似ています(父は「若い頃は松下由紀《まつしたゆき》さんに似た、小股《こまた》の切れ上がったええ女じゃった……」としみじみ呟いていました。言われて見ると似てるかも……)。

学生時代、参観日に母が来ると「誰のお母さん?」と噂になって、娘としては鼻が高かったです。でも、両親を見比べたクラスメイトには、「あのお母さんなら引く手数多《あまた》だっただろうに、どうしてあのお父さんと……」とも言われましたよ(笑)。

どうして父と結婚したのか――母に聞いたら、ジルバやチャチャチャを踊りながら教えてくれました。友人の紹介で、ダンスホールでお見合いしたそうです。当時はもう一人、ハンサムな男性にアプローチされていたらしいのですが……父は財布ごと預けてくれるから、「まあこっちでいいか」と思ったんですって(笑)。

昔話をするとき、母は口癖《くちぐせ》のように言っていたものです。

「親にも子供にも苦労させられたけど、結婚だけは大当たりだった。お父ちゃんと結婚してよかった。こんな家を建ててくれて、車も毛皮も宝石も買ってくれて、本当に幸せよ」

男は顔でも金でもなく、雑草のようにたくましい太《ふと》っ腹《ぱら》な生活力ですよ、奥さん！

結婚したあとで「とんでもないワルだ」と人から聞いて震え上がったそうですが。「乱暴も恫喝《どうかつ》もしないし。噂されているような怖い人じゃなくてよかった」とも言っていました。

母から聞いた話は『不良の純愛漫画』みたいですけど。初七日に来て下さった方が、「それ違うんよ」と笑いながら、父サイドの『馴れ初《なそ》め』を教えてくれたんです。

母が不良に絡《から》まれているところを父が助け、父がそばにいると不良が寄ってこないので、それがきっかけで仲よくなったそうで……。娘三人、顔を見合わせて言いましたとも。

「……お母ちゃん、ハメられたな」

「絶対騙《だま》されとる……」

「案外お父ちゃんが不良をけしかけたんじゃないん？」

遺影の父が、意味ありげにニヤ〜ッと笑っています。

……まあ、母は幸せだったんだから、騙されていてもいいんですけど。惚《ほ》れた女をモノにするため、ここまで頑張《がんば》っちゃうとは……本当にすごいパワーです。

父の努力も尊敬していますが、そうさせた母はもっとすごいです。母のような女性こそ、俗《ぞく》に言う『あげまん』でしょう。とてもギャンブル運が強かった父ですが、『お母ちゃんが死んで、急にツキが落ちた』と言っていたくらいです。母が幸運の女神だったんですね。最近「住環境を整《ととの》えよう」と思って、お掃除《そうじ》風水の本や、運がよくなる部屋づくりの本を買ってみたら、「不要なものを捨てる」ということ意外、母は全部やっていたのでビックリしました。人に感謝する。物に感謝する。毎日朝日を拝《おが》んで、生きていることに感謝する。その気持ちが母を幸せにして、私たち家族も幸せにしてくれていたのだと思います。母は結婚後も親に苦労させられ、病弱な娘たちに苦労させられて、時々泣いていました。そんな母を父が支え、慰《なぐさ》めている姿を目にする度、母に対する父の愛情を感じていましたが。今の私には、父がかつて親兄弟を泣かせてきただけ、心の中で母と一緒に悔恨《かいこん》の涙を流していたのではないかと思えてなりません。

そんなふうに亡き両親を偲《しの》びながら、今回の同時収録作品を書き下ろしました。

不肖《ふしょう》の娘をここまで育ててくれて、本当に感謝しています。両親の期待に応えるためにも、読者の皆様に喜んでいただける作品が描《えが》けるよう、精いっぱい頑張ります。

ありがたいことに、旦那さんシリーズは『みーくん幼稚園時代』のまま、もうしばらく続けさせてもらえるようです。どうぞ楽しみにしていてください。

できれば商業誌も同人誌も頑張りたいけど、お盆過ぎまで家庭の事情でバタバタしそうです（詳しい事情は、七月発売予定の【旦那さんシリーズ】のあとがきのネタにします）。

実は四十九日の前にお供《そな》えのパイナップルに当たり、同日、車をぶつけて自宅の塀《へい》まで崩壊《ほうかい》させ、夜には火のついたマッチが折れて飛び、マッチ消しにホールインワン。下手《へた》すれば火事になるところでした。派手《はで》に塀を壊したけど、奇跡的に怪我もなく、隣家への被害もありませんでしたが。修繕手配等で、ますます忙しくて首が回らなくなりました（泣）。

そんな有様《ありさま》で夏コミ申し込みをする余裕がなかったんですが。法事が終わる度に過労《かろう》で熱を出して寝込んでいますし。冬コミも、〆切＆搬入《はんにゅう》時期と一周忌がかち合うので、一人ですべての雑用をこなす自信がありません。不本意ながら、今年度は同人誌の新刊発行やイベント参加をお休みします。情報ペーパー発行と既刊の通販は続けますので、ペーパーご希望の方は編集部宛でお手紙ください。これからも応援よろしくお願いします。

桑原　伶依

セシル文庫をお買い上げいただき、ありがとうございます。
この本を読んでのご意見・ご感想・ファンレターをお待ちしております。

☆あて先☆
〒113-0033　東京都文京区本郷3-40-11
コスミック出版　セシル編集部
「桑原怜依先生」「CJ Michalski先生」または「感想」「お問い合わせ」係
→Eメールでも OK！　cecil@cosmicpub.jp

セシル文庫

ステキな旦《だん》那《な》さん
— お隣の旦那さん 7 —

【著者】　桑原《くわはら》怜依《れい》
【発行人】　杉原葉子
【発行】　株式会社コスミック出版
〒113-0033　東京都文京区本郷 3-40-11
【お問い合わせ】　- 営業部 -　TEL 03(3814)7498　FAX 03(3814)1445
- 編集部 -　TEL 03(3814)7541　FAX 03(3814)7542
【ホームページ】　http://www.cosmicpub.jp
【振替口座】　00110-8-611382
【印刷／製本】　中央精版印刷株式会社

乱丁・落丁本は、小社へ直接お送り下さい。郵送料小社負担にてお取り替え致します。
定価はカバーに表示してあります。